Strandgut

Der Autor

Christian Haller wurde 1943 in Brugg/Aargau geboren, studierte Biologie, war Leiter der Sozialen Studien am Gottlieb Duttweiler-Institut bei Zürich. Er lebt als Schriftsteller in Laufenburg (Schweiz). Neben Gedichten und Erzählungen sind die Romane «Der Brief ans Meer» und «Die verschluckte Musik» erschienen.

Christian Haller

Strandgut

Roman

Scherz

Besuchen Sie uns im Internet:
www.scherzverlag.de

1. Auflage Taschenbuchausgabe Scherz Verlag,
Bern, München, Wien 2002
Originalausgabe: Luchterhand Literaturverlag GmbH,
Frankfurt am Main, 1991

ISBN 3-502-51849-1
Umschlaggestaltung: ja DESIGN, Bern:
Julie Ting & Andreas Rufer
Umschlagbild: Simeone Huber/Getty-Images, Stone, München
Gesamtherstellung: Ebner & Spiegel, Ulm

Erster Teil

1

Er wäre nicht hinaus zur Küste gefahren. Doch seine Einwände hatten Tanja nicht gekümmert: Sie steuerte unbeirrt auf dem durchwurzelten Weg weiter – und im Scheinwerferlicht flammten die Stämme der Pinien auf. Zuletzt trennte sie noch ein Dünenzug vom Meer.

«Lass mich. Ich weiß schon, was ich will», hatte sie gesagt, als er sie auf einen möglichen Abstellplatz zwischen Sträuchern hinwies. «Ich habe keine Lust, hier zu übernachten. Wir sind noch immer zu nah an der Straße nach Castiglione.»

Er mochte sich nicht mehr streiten. Er fand, ihr Orientierungssinn sei miserabel. Doch dann, als die Stämme sich lichteten und die Büsche zurückwichen, stellte sie den Wagen so selbstverständlich ins Strandgras, als hätte sie genau da hinausfahren wollen.

«Gut?», fragte sie, löschte das Licht und drehte den Schlüssel um.

Als hätte jegliche Zivilisation sie verlassen, war es plötzlich dunkel und still.

«Lass den Zündschlüssel stecken. Sonst verlieren wir ihn noch.»

Böen trafen seitlich auf den Wagen. Sid spürte die Erschütterung, hörte den Wind und das Schlagen der Brecher hinter der Düne.

Der Platz war schlecht geschützt, fand er, auch vor Blicken.

Tanja knipste die Lampe über dem Rückspiegel an. Sie stiegen aus. Tanja öffnete die hintere Seitentür und kroch in den Wagen.

«Schließ die Tür!», rief Sid.

Der Wind trieb Sand vor sich her.

Sid öffnete die Heckklappe nur gerade so weit, wie es nötig war, um die Matratze aufzupumpen. Tanja kniete im Innern, ordnete die Decken und Schlafsäcke. Sie hatte eine Kassette in den Rekorder gelegt.

Die Luft war feucht und salzig. Der Wagen würde eine weiße Kruste bekommen.

«Glaubst du, dass es morgen wieder schön wird?», fragte Tanja. «Dann könnten wir ein Wellenmorgenbad nehmen, noch vor dem Frühstück – direkt vor der Haustür.»

Die Nacht im Wagen, die Aussicht, am nächsten Morgen über die Düne und den Strand hinunterzulaufen, sich noch bettwarm in die Wellen zu werfen, während die Sonne bereits auf den Sand brannte – diese Wunschbilder entsprachen so sehr Tanjas Vorstellung von Glück, dass sie den Streit wegen Zanussi vergaß.

«Es wird bestimmt strahlendes Wetter werden!», sagte er, obwohl er nicht daran glaubte.

Tanja hatte beim Aperitif einen Unbekannten aus Siena an ihren Tisch gebeten, nur weil sie fand, dass er gut aussah. Sid hatte sich über sie geärgert, mehr noch als über diesen Zanussi.

«Solche gewittrigen Störungen dauern im Mittelmeerraum nie sehr lange.»

Es klang nach einer Zeile aus der Zeitung. Die Sprödigkeit des Satzes ließ ihn alt erscheinen. Er fügte darum hinzu: «Wir werden schweißnass in unserer Heimsauna erwachen und uns unter die Brause zwei Meter hoher Brecher stellen.»

«Ja – ha», schrie sie und er lachte. Lachte, weil Tanja ihn rührte, weil es sie wirklich gab, weil er ihr zusehen konnte, wie sie im Wageninnern herumkrabbelte und die Decken straff zog.

Er liebte sie, und die Gewissheit erfüllte ihn mit einem Atem, der wie der Wind war: weit und ausgreifend. Tanja war – alles: diese Nacht, die Düne, der Geruch des Meeres, die schattenhaft peitschenden Zweige im Licht des Mondes. Es gab keinen Unterschied zwischen ihr und dem Dasein. Und zum ersten Mal seit seiner Krankheit, zum ersten Mal seit Monaten, fand er es wunderbar, noch zu leben.

2

Sie waren schon am Nachmittag hier draußen auf einem der Abstellplätze im Wald gewesen. Sie hatten Castiglione verlassen. Das ehemalige Fischerstädtchen war von Touristen überlaufen und sie hatten im Hotel nur eine Übernachtung buchen können. Doch Tanja gefielen die Burg über dem Meer, die mittelalterlichen Gassen, die hinunter zur Straße am Fuße des Hügels führten, wo man sitzen und die Leute beobachten konnte, sie mochte den Hafen in der Flussmündung nahe ihrem Hotel, die Promenade mit den frisch gepflanzten Bäumen. So war es ihre Idee gewesen, draußen am Strand im Wagen zu übernachten.

«Wir fahren von dort so oft nach Castiglione zurück, wie wir Lust haben. Ein Hotelzimmer bekommen wir sowieso nicht mehr.»

Er hatte sich davor gefürchtet. Mit über vierzig hat man keine Lust mehr, auf vorgeklappten Rücksitzen den Urlaub zu verbringen. Doch jetzt fühlte er sich beinahe glücklich. Und während der Wind um den Wagen pfiff und er neben Tanja lag, wurden aus der Berührung ihrer Haut, im Wahrnehmen der Formen, Bilder in ihm wach. Sie hatten ihre Wurzeln in den Fingerspitzen und weiteten sich in seinem Hirn.

Ein steinerner Drachenkopf, die Augen vorstehend, die Zähne gebleckt. Darüber tauchen die Dächer der Tempelstadt auf, geschweifte Dächer über bemalten Holzsäulen. Die bucklige Brücke führt über den Fluss zum Haus, das inmitten eines Steingartens liegt. Er erkennt das Fenster wieder, ein Weidenzweig hängt davor – und zwischen Holzstäben erscheint ihr Gesicht: Sie lächelt, jeden Tag, wenn er zur gleichen Stunde vorübergeht . . . Und noch während die Tempelglocke ausklingt, fällt ein Schatten auf den Sand: Der Beduine, in Wolltücher eingemummt, taucht zwei Finger in die Ockerfarbe, fährt langsam und bedächtig über den geweißten Leib, singend: Das ist die Spur, die Spur der Gazelle, die kommen wird und meine Wunde trägt, die Spur meiner Geliebten – allahu – akbar! . . . Und der Blick weitet sich auf die verbotenen Gärten: Der Herr sitzt bei seiner Dame, die Blüten öffnen sich und der Pfau schreit vom Mogulentor . . .

Die Lage seines Beines stört ihn. Der Fuß ist zwischen Matratze und Heckscheibe eingeklemmt. Das Glas fühlt sich kalt und glatt an. Zwei Handbreit über ihm, über seinem Gesicht, die Deckenbespannung des Wagens.

Tanja hat ihren Kopf an seine Schulter gelegt. Ihr Atem geht ruhig, gleichmäßig und ruhig.

Sid versucht, seinen Fuß aus der schmerzhaften Lage zu befreien. Doch Tanja bewegt sich, fährt mit der Hand über seine Brust. Er beneidet sie um ihren Schlaf. Seit der Krankheit hat er Mühe einzuschlafen, und er ist auch jetzt nicht müde, bloß ein wenig leer, auf eine angenehme Art leer und verbraucht.

Bevor sie nach Castiglione zum Abendessen fuhren, waren sie ans Meer gegangen. Tanja wollte unbedingt den Strand sehen.

«Bestimmt gibt es hohe Wellen.»

Der Regen hatte aufgehört. Es roch frisch und nach dem Harz der Nadeln und der Wind rauschte zum Zirpen der Zikaden.

Der Pinienwald erwies sich als tückisches Labyrinth. Sie hörten die Brandung aus stets wechselnden Richtungen. Sid sah sich nach Merkmalen für den Rückweg um, einer weggeworfenen Flasche, einem schief gewachsenen Baum.

Schließlich lichtete sich der Wald, die Sträucher gingen in gelbes, hartes Gras über. Sie erklommen eine lange, nackte Sandrippe.

Oben traf sie der Wind mit unverminderter Kraft: Der Strand lag vor ihnen, ein kilometerlanger Streifen Sand, glatt und dunkel vom Regen, und das Meer schob schäumende Bänder dagegen an.

Tanja breitete die Arme aus und ließ sich vom Wind streicheln.

«Sid! Sid! Das ist Glück», rief sie ohne sich nach ihm umzusehen, «komm! Hier beginnt es –!»

Sie rannte los, lief in Turnschuhen den Strand hinunter, zog eine tiefe, regelmäßige Spur in den glatten Sand. Und er eilte hinterher, holte sie ein, als sie sich einfach fallen ließ, lachend und keuchend, fing sie auf, während er selbst schon stürzte ...

Die Scheiben haben sich beschlagen. Es ist kühl. Der Wind wirft Sand gegen den Wagen und lässt die Karosserie erzittern. Die Brecher rollen auf den

Strand: ein dumpfes Schlagen im Rauschen der Wellen ...

Es erinnert ihn. Erinnert ihn an den Morgen. An das Erwachen im Hotel. Noch im Hotel. Und es klang –

Es klang, als würde vor dem Fenster immer wieder und immer von neuem ein Container geleert – ein Container wie der damals unter den Spitalfenstern ...

Und er sieht wieder den Fremden, der durchs vulkanische Gestein irrt, einen geschlungenen Weg entlang, nahe am Abgrund, auf der Suche nach Wasser – sieht ihn verloren in der Aschenlandschaft, im kalten Mondlicht ... Nein, hier gibt es kein Wasser, hier wird es nie Wasser geben. Sie müssen sterben, mein Herr, sterben, im blauen Staub, in der Öde –

Und dazu schlug der Container, unablässig, schlug und schlug und schlug:

TSCHA – TSCHA – TSCHA – PONGHUA ...

Sid erwachte. Wo war er? Die Wand: weiß. Weiß und leer. Gab es die Flusslandschaft nicht mehr, das Aquarell in seinem Krankenzimmer, die leuchtenden, sommerlichen Farben, in die er sich hineingeträumt hatte, Stunden um Stunden, Tage, Wochen und Monate, als läge in ihnen ein Versprechen und eine Hoffnung, als wäre das Bild ein Fenster ... Gab es das Aquarell nicht mehr? War auch das ihm genommen worden?

Er senkte den Blick, sah den rosa Bettvorleger, die gelben Marmorfliesen, den Schrank und die Koffer. Er spürte Tanja neben sich.

Gott sei Dank! Das war vorbei: Spital, Krankheit – vorbei für immer ...

Ich bin in Castiglione. Hotel Sabrina. Ferien –!

Doch das Schlagen hatte nicht aufgehört:

TSCHA – TSCHA – TSCHA – PONGHUA ...

Sid wand sich aus dem verschwitzten Laken, schlich über die Steinfliesen zum Fenster und schob die Gardinen einen Spalt weit auseinander.

Vom Meer her war eine Wolkenschicht gegen das Städtchen aufgezogen, die Bäume unten am Hafenkai bogen sich im Sturm und im Lichthof rollte ein Plastikeimer, wurde gegen die Wand geschleudert, prallte wieder zurück, kullerte hin und her:

TSCHA – TSCHA – TSCHA – PONGHUA . . .

TSCHA – TSCHA – TSCHA – PONGHUA . . .

Das war heute Morgen gewesen. Im Hotel.

Und wieder überfällt ihn die Furcht vor dem Traum, den er beim Erwachen geträumt hat. Er will ihn nicht wieder träumen, nie mehr. Er hat es zu oft getan, damals im Krankenhaus. Und doch hat er heute Morgen den Fremden wieder gesehen:

In der Einöde, in der Lava- und Aschenlandschaft, der Unbekannte ohne Gesicht, der nahe dem Absturz über den Grat läuft –

Sid wendet den Kopf, er fährt mit der Hand über die beschlagene Scheibe. Es ist, als wische er einen Schleier weg –

Blassblau liegt die Düne da . . .

Tanja hatte Zanussi an den Tisch gebeten.

«Da drüben, der dort –», hatte sie gesagt. So begann es meistens, das Spiel, das sie gemeinsam spielten: Leute beobachten, Einschätzungen vergleichen.

Sie waren in einer Bar in Castiglione zum Aperitif gewesen.

«Was hältst du von ihm?»

Tanja saß zurückgelehnt da. Sie trug Jeans und eine Windjacke, die über dem weiß-blau gestreiften Pullover offen stand. Die Hände hatte sie auf die Schenkel gelegt, kleine Hände, die empfindsam und rührend kindlich wirkten. Den Kopf hielt sie leicht geneigt, eine Strähne des gewellten Haares fiel ihr über die Wange und ihr Mund stand offen. Wie immer, wenn sie jemanden beobachtete, hatten ihre Augen diesen abwesenden Blick.

Neben der Tür, an einem Bistrotisch, saß ein Mann, etwa Mitte vierzig, der hier ebenfalls fremd war und aus Siena stammte, wie sie später erfuhren. Er wirkte gebildet, vielleicht ein Intellektueller: jedenfalls jemand, der an den Umgang mit sich selbst gewöhnt war. Er musste recht gut verdienen, das verriet seine Kleidung: Sie war modisch, dazu geschmackvoll und sah teuer aus. Besonders auffällig war das Hemd, aus einem weich glänzenden Stoff mit blauen Streifen, in die ein Goldfaden eingewoben war. Das volle, angegraute Haar betonte die holzschnittartigen Züge des Gesichts. Seine Lippen dagegen waren weich: ein Gegensatz, der sehr sinnlich wirkte.

Er las gelangweilt in einem Taschenbuch und trank Kaffee. Auf dem Tisch lagen Zeitungen und eine Schachtel Craven A. Er wandte sich kurz an den Kellner, dabei wurde sein Blick wach und lebendig. Doch die Augen verloren ihren Glanz wieder, als er sich abwandte, und das Gesicht nahm den Ausdruck eines schon unbewussten Leidens an.

Sid empfand eine instinktive Abwehr, eine Art eifersüchtigen Hass – und starrte auf die Wand, an der eine Reklame für Fernet Branca warb. Er schwitzte. Krampfhaft suchte er nach einem Begriff, der diesen Menschen charakterisierte, ihn aber auch gleichzeitig vernichtete, ihn zumindest für Tanja auslöschte. Denn sie saß vorgebeugt da, den Blick auf den Fremden fixiert, und Sid sah gequält, wie ihre Finger mit dem perlmutternen Ohrgehänge spielten.

Er musste ein Wort finden, einen Bannspruch, jetzt, sofort.

«Ein Blender –!», sagte er.

Sid spürte, wie sich in seinem Kopf die Wörter verwirrten, und er spürte gleichzeitig Tanjas Missbilligung.

«Wie kommst du darauf?», fragte sie. «Wie kannst du so etwas sagen. Das stimmt nicht.»

Sie nahm Partei für den Fremden, so empfand er es, und das stachelte ihn auf.

«Er ist intelligent, ja, aber hohl, verstehst du. Das meine ich mit Blender. Sitzt in Mittellage: gut angepasst, keine schlechte Position, aber irgendwie gescheitert. Im Übrigen halte ich ihn für einen gefühllosen Idioten.»

Tanja sah Sid an und ihr Blick schien ihm sagen zu wollen, er habe mehr sich selbst als den Mann dort an der Tür beschrieben. In einem Anflug von Trotz sagte sie: «Zumindest sieht er sehr gut aus!»

Dann trat sie zu dem Fremden hin und bat ihn in Italienisch an ihren Tisch. Sie redete auf ihn ein, während Sid nur schwer seine Missstimmung verbergen konnte. Der Fremde zeigte sich wenig gesprächig. Er erwähnte (in welchem Zusammenhang, war Sid entgangen) das chinesische Orakelbuch I Ging: Er nannte ein Zeichen, das er auf sehr eigenwillige Weise auslegte, indem er es auf das Wetter bezog. Er erklärte mit einem traurigen Lächeln, der Sturm sei ein Widerstreit von Himmel und Erde, der alles Gewohnte zum Stocken bringe. Daher müssten wohl alle stillhalten und warten, denn jede Bewegung bringe Gefahr –

Streit, das hatte dieser Zwischenfall gebracht, einen schwelenden Streit.

Doch der ist zum Glück vorbei!, denkt Sid und sieht durch die Scheibe, die er klar gewischt hat, hinaus.

Blassblau liegt die Düne da. Wolken schieben sich wie schiefrige Platten mit hellen Rändern aufs Land. Zweige peitschen mit ihren Blättern, das Gras wogt auf und nieder, ein Tanz, eine Ekstase maßloser Bewegung.

Sid schaut in die Nacht, horcht auf den Wind und die Brecher, fühlt die Kraft in den Erschütterungen.

Es gibt die Wildnis, denkt er, hier am Rande dieses Labyrinths.

Und wieder berauscht ihn ein Glücksgefühl: Was ich sehe, ist wirklich, ich lebe und bin inmitten einer ungezähmten Schönheit. Sie muss so alt wie die Menschen sein, wie das Auge, das sie wahrnimmt. Es ist ein Splitter der archaischen Welt, vom Sturm in meine Haut getrieben. So sehe ich, was Menschen immer gesehen haben – lange bevor es Tempelstädte mit geschweiften Dächern auf Holzsäulen, die Lehmhäuser und Zelte der Beduinen, aber auch Castiglione, seine Aragoneser Burg, die Bars und Restaurants gegeben hat.

Und Sid überlässt sich ganz diesem Blick und der warmen Berührung durch Tanjas Körper.

3

Unmöglich zu sagen, weshalb die drei Buchstaben in einer seiner Hirnwindungen vermerkt waren und jetzt heraufstiegen: LPM.

Gleichzeitig die Entschlüsselung: *Der Liebespaarmörder.*

Dann die Titelzeile eines Zeitungsartikels: *Das Monster hat zugeschlagen.*

Er wusste auch, wo er sie gelesen hatte. Im Krankenhaus, am Ende des Ganges, wo die drei Tische standen und der Blick auf den Park ging. Es war ein zerlesenes Zeitungsexemplar gewesen, das neben einem übervollen Aschenbecher gelegen hatte. Obwohl es ihn ekelte, konnte er – nach über zwanzig Jahren Journalismus – nicht widerstehen.

«Das Monster – das ist der unheimliche Liebespaarmörder, der seit nunmehr siebzehn Jahren auf den Hügeln um Florenz sein Unwesen treibt. Sechzehn Menschen hat der Massenmörder in dieser Zeit nicht nur einfach umgebracht, sondern grausam geschlachtet. Die Beretta-Pistole, aus der die Winchester-Kugeln abgefeuert wurden, ist dabei immer nur das Instrument der Ouvertüre gewesen. Die Schusswaffe stoppt die Opfer, tötet sie auch. Doch das eigentliche Ritual beginnt erst mit den wütenden Messerstichen in den leblosen Körper des Mannes und der Amputation der linken Brust und der Scham von der weiblichen Leiche ...»

Sid hasste «sex and crime», er konnte Krimis nicht ausstehen. Er hatte am Anfang seiner Karriere zu viel von dem Zeug gemacht. Drecksarbeit! Umso mehr wunderte ihn, dass Zellen in seinem Hirn all die Wochen und Monate über den Artikel gespeichert hielten.

Er erinnerte sich, dass er Wendungen wie «seit nunmehr siebzehn Jahren» oder «sein Unwesen treibt» (ein Massenmörder!) unmöglich fand. Der Artikel war zu sachlich, geschrieben von einem Journalisten, der sich viel zu seriös und anspruchsvoll (Instrument der Ouvertüre, Ritual, Amputation) ausdrückte, ein politischer Kommentator vielleicht, der die Sauregurkenzeit ausfüllte. Bloß, weshalb hatte er, Sid Peters, den Text wörtlich im Kopf?

«Auch Nadine Mauriot und Jean Michel Kravichvili hatten keine Chance, als der Mörder sie in der Nacht zum 8. September in zärtlicher Umarmung in ihrem Zelt am Rand von San Piero a Sieve überraschte. Von hinten, so haben die Spurenexperten der florentinischen Mordkommission inzwischen festgestellt, hat sich das Monster angeschlichen, das Segeltuch aufgeschlitzt und sofort geschossen ...»

Er hatte tausende solcher Geschichten gelesen, verarbeitet und sofort wieder vergessen. So war sein Job. Warum diese nicht? Er hatte nicht einmal damit zu tun gehabt, hatte sie lediglich aus Langeweile im Spital gelesen. An seinem Gehirn war herumgeschnitten worden, in einer sechsstündigen Operation. Und jetzt funktionierte es mit bedrohlicher Präzision.

«Die Fernsehreklame, in der eine besorgte Mutter ihrer Tochter zum Gebrauch von Verhütungsmitteln rät, ist ein Wunschbild, keine Realität. Wirklichkeit dagegen sind die Autos, die in den Randbezirken der Städte geparkt sind. Dicht beschlagene Scheiben zeugen vom Geschehen im Innern ... Aus der Erfahrung der letzten fünf Jahre muss mit der Rückkehr des Massenmörders in der warmen Jahreszeit gerechnet werden.»

Lächerlich, dachte er, was man aus der Flut alltäglicher Nachrichten im Kopf behielt. Und dort formte sich allmählich ein Gedanke, weniger als das: eine Schlagzeile.

Und er spürte, wie von der Heckscheibe aus ein lähmendes Gefühl in seinem Bein hochkroch, ihn erstarren ließ und ihm den Atem nahm.

«Auch Mörder fahren ans Meer.»

Keinen Laut würde man hören. Das Rollen der Brecher und der Wind in den Pinien würden die Tat wie stumm geschehen lassen.

Sid brach der Schweiß aus. Er konnte sich nicht rühren. Er sah durch die nasse Scheibe. Die Zweige bogen sich im Wind, wie sie es auch nach der Tat noch tun würden. Die Düne zog sich unter dem Mondlicht hin, eine Kante, ein Abbruch – war das Sand? War es nicht Asche?

Die Landschaft seines Traums war Wirklichkeit geworden – und Sid lag da, verurteilt, gelähmt von Todesangst und wartete ...

Wartete auf den Fremden, der kein Gesicht hatte. Er käme langsam über die Düne, tauchte vom Strand her auf, schöbe sich über den Grat, zuerst nur ein Schatten, dann stünde er oben, vor dem nachtdunklen Himmel, der Mann aus dem Traum, das Monster ...

Sid versuchte sich abzuwenden. Er wollte sich an Tanja klammern, die ahnungslos neben ihm lag, ruhig atmete und schlief. Er wollte in ihre Wärme, an ihren Körper flüchten – und drehte den Kopf.

Das Badetuch vor der Heckscheibe hatte sich verschoben.

Da! Der Mann kam auf sie zu, kam geradewegs auf das Heck des Wagens zu, so wie er es in allen anderen Fällen auch getan hatte. Nur Augenblicke würde es noch dauern, bis die Winchester-Kugeln das Glas zersplitterten.

Jetzt!

Sid wusste später selbst nicht, wie er es geschafft hatte. Er saß hinterm Lenkrad. Der Motor heulte auf. Der

Wagen schoss rückwärts. Im Spiegel riss der Mann die Arme hoch. Gleichzeitig schrie Tanja: «Sid!»

Dann gab es einen dumpfen, weichen Stoß, dem leichtere Stöße folgten.

Sid hatte die Lichter eingeschaltet. Er und Tanja starrten durch die Frontscheibe: sie zwischen den Nackenstützen hindurch, er eingeklemmt zwischen Lehne und Lenkrad.

Im Lichtkegel krümmte sich ein Körper, krümmte sich in einer unendlich schmerzvollen Bewegung, ein Arm wand sich noch, die Hand griff in die Luft, eine leere, sinnlose Geste.

Sid fuhr ein Stück zurück, drehte ab, legte den Vorwärtsgang ein und gab Gas. So unmittelbar, wie das Bild aufgetaucht war, verschwand es wieder. Die Scheinwerfer strichen über das Gebüsch und stachen in die Dunkelheit des Weges, auf dem sie vor etwas mehr als einer Stunde gekommen waren.

4

Sie fuhren die ganze Nacht. Kurz hinter Castiglione hielt Sid an und ließ die Luft aus der Matratze. Tanja setzte sich nach vorn, neben Sid.

«Wir müssen zurück», sagte sie. «Der Mann ist verletzt, er braucht Hilfe.»

Es klang lau und ohne Überzeugung und Sid fuhr weiter, als hätte er nicht gehört. Je tiefer sie in die Nacht fuhren, umso unwirklicher erschien Tanja die Gestalt, die im Scheinwerferlicht aufgeleuchtet hatte: der Arm, die sinnlose, unverständliche Geste . . .

Was war geschehen? Ein Unfall?

Nichts, dachte sie, das mit mir zu tun hat!

Sie rasten über eine gerade Straße und daran war nichts Außergewöhnliches, außer dass es keine Erklärung dafür gab. Tanja war müde, sie wollte schlafen.

Warum waren sie nicht am Strand geblieben? Sie wollten doch morgen in den Wellen baden.

Sie lehnte den Kopf an die Nackenstütze, sah hinaus, horchte auf den Motor. Gleichmäßig fraß sich der Wagen in die Dunkelheit, riss sie auf, ließ Schilder, Plakate, Böschungen zurück.

Sid hatte die Kassette mit den Blues von Billie Holiday eingelegt, Musik, die sie in den letzten Monaten oft gehört hatten, die ein Teil ihrer Liebe war. Er sah jung und glücklich aus, redete von dem, was sie in den nächsten vierzehn Tagen unternehmen könnten. Zum Beispiel nach Florenz fahren.

«Ich bin schon einmal vor etwa vierzehn Jahren mit Selma in Florenz gewesen. Wir kannten einen Pianisten dort, einen Amerikaner, der eine Florentinerin aus vornehmer Familie geheiratet hatte. Wir wohnten in der Altstadt, ganz in der Nähe des Palazzo Vecchio, in einem von außen unscheinbaren Haus. Doch das Innere hättest du sehen müssen! Die Atmosphäre – wie in einem Film von Bertolucci. Carla hat uns in der Stadt umhergeführt und abends fuhren wir zu viert zum Essen in die Umgebung oder besuchten Freunde der beiden. Dadurch habe ich die Stadt kennen gelernt wie kein anderer Tourist . . .»

Tanja hörte nicht zu. Sie spürte einer in ihr aufkeimenden, noch unbekannten Empfindung nach: der Sehnsucht nach dem Alltag.

Sie hatte während der letzten zwei Jahre in der neurochirurgischen Abteilung einer Klinik gearbeitet. Vom Stationszimmer im vierzehnten Stockwerk sah sie auf den Helikopterlandeplatz in der Schlaufe des Autobahnzubringers, dahinter zog sich ein bewaldeter Hügel gegen die Alpen hin. Auf seiner Ostseite wurde die Personalsiedlung gebaut.

Dieser Ausblick wäre auch nach drei Wochen Ferien wieder Alltag gewesen. Noch immer würden sich die Kräne der Baustelle lautlos drehen, sähe sie an Föhntagen die Berge, blinkten Warnlampen und heulten die Rotoren, wenn ein Notfall eingeflogen würde.

Sie hatte es kaum erwarten können, dem Abteilungsbetrieb zu entrinnen. Doch jetzt, nach dem Stoß, nach der Geste im Licht der Scheinwerfer, erfüllte sie die Erinnerung an die Krankenzimmer und den neonbeleuchteten Gang mit einer Sehnsucht, als wäre der Alltag unvermittelt zur Utopie geworden.

War es so gewesen? Hatte das Alltägliche wirklich einen Reiz besessen, der jetzt so plötzlich verloren schien?

Sie geht zum Tisch. Ihrem Tisch hinten in der Ecke der Cafeteria. Durch die Verglasung scheint die Sonne. Gleißende Wellen laufen über die schwarze Tischplatte. Sie stellt das Tablett hin. Eine Tasse Kaffee, ein belegtes Brot, Mandelkipfel. Ihre Freundin Emmi lacht, sie lacht immer. Sie ist so arglos, ein Kind, pausbäckig, mit Pickeln am Kinn. Sie hat Haar, das immer fettig wirkt, obschon sie es täglich wäscht. Ihre Augen sind wie kleine Sicheln.

Vor der südlichen Glasfront liegt eine künstlich angelegte, von Spazierwegen eingefasste Erhebung, gekrönt von einer Eisenplastik – ein öder, kahler Rücken.

Maya hat sich eine Tasse schwarzen Tee und eine

Schale Salat genommen. Keinen Zucker, auch keine Milch, überhaupt nichts Tierisches mehr – ihr neuester Spleen ... Maya ist empört. Sie ist gern empört, es steht ihr. Sie schimpft auf einen der Ärzte, weitet ihre ohnehin großen Augen, fährt sich durch das zur Seite frisierte Haar. «Ich finde ihn unmöglich!», sagt sie. Im Herbst wird sie zur Kunstgewerbeschule gehen, Fotografie ...

Zwei Pfleger in offenen Mänteln sitzen am Nebentisch. Der eine sieht gut aus: ein breites slawisches Gesicht, der Ausdruck ein wenig selbsteingenommen. Doch seine Hände verraten die Empfindsamkeit ...

Tanja isst ihr belegtes Brot: Ei und Majonäse auf einer dünnen Scheibe Schinken.

Am Haupteingang hält ein Taxi. Zwischen der überdachten Vorfahrt und der seitlichen Glasfront der Cafeteria fällt Wasser über Schalen in einen Lichtschacht hinunter, versickert in einem Bett von Kieselsteinen. Durch die Scheibe erkennt sie oben das Fenster: Zimmer 14-7 und ein Viereck blauen Himmels. Sid schläft. Sie wird später nachsehen, vielleicht ist er inzwischen aufgewacht.

Vor zwei Tagen hat er sie in ihrer Wohnung besucht, sein erster Ausflug aus dem Krankenhaus. Die Beziehung macht sie überlegen, obwohl niemand von ihr weiß.

Sie mag ihre beiden Freundinnen. Mit Maya ist sie letzten Sommer durch Frankreich getrampt, nach der Trennung von Marc. Auch ihr hat sie nichts von Sid erzählt ...

Am Tresen schieben Leute ihre Tabletts mit Tellern und Tassen vor sich her, hauptsächlich Besucher, darunter zwei Assistenzärzte, die Tanja flüchtig kennt. Sie bleiben vorne im Raucherbereich.

Auch Maya hat seit kurzem einen neuen Freund. Er holt sie abends beim Schwesternhaus ab. Tanja hat einmal kurz mit ihm gesprochen. Nicht ihr Typ. Meistens halten Mayas Freundschaften sowieso nicht lange. Sie würde Tanjas Beziehung zu Sid nicht verstehen, schon wegen des Altersunterschieds. Genau wie Emmi hat sie keine Ahnung von wirklicher Liebe ...

Sie sah durch die Windschutzscheibe. Die Scheinwerfer beleuchteten ein rasendes Band schwarzen Asphalts.

Ja, so war es gewesen in jenem anderen Dasein, im Traum des Alltäglichen, der damals durch Sid so wirklich geworden war.

Und nun saß er neben ihr, steuerte den Wagen, sprach noch immer von Florenz, von Masaccio-Fresken, Bars und mittelalterlicher Politik. Er war jung, voller Optimismus und Unternehmungslust. Er schien glücklich und unbeschwert. So wie sie ihn sich früher gewünscht hatte.

Früher?

«Weißt du eigentlich, wo wir sind?», fragte sie.

Er schüttelte den Kopf.

«Irgendwo in den Bergen. Genau weiß ich es auch nicht.» Und nach einer Pause: «Ich denke, wir nehmen eine der Nebenstraßen und suchen uns einen Platz, wo wir im Freien schlafen können. Regnen wird's bestimmt nicht mehr.»

Sie versuchten es mit einem Naturweg. Doch schon nach wenigen Metern stoppten sie vor einem Schild.

PROPRIETA PRIVATA. E VIETATO ...

Dann öffneten sie ein Gatter, kamen zu einem Hof.

PROPRIETA PRIVATA. E VIETATO ...

Ausgeschlossen!, dachte Tanja. Und so wird es bleiben.

Doch wozu nachdenken? Sie fuhren und die Straßen wanden sich in Kehren und Kurven. Zuletzt endeten sie immer vor einem Zaun, einem Tor oder der Fassade eines Landsitzes.

PROPRIETA PRIVATA. E VIETATO . . .

5

Eine mittelalterliche Skulptur, geschnitzt von einem längst vergessenen Meister, ein hartes, von der Zeit gedunkeltes Holz: Mann und Mädchen, aus einem Stück. Geformt zum Ausdruck der Leidenschaft, des tiefsten Entzückens – und Sid spürte, wie die Holzfasern durch ihn zu ihr hinüberliefen, hart und dicht, von schwarzer Farbe: Sie waren seit Jahrhunderten vereint, verschlüsselt und verschlungen durch die Schneide des Meisters. Und Sid träumte von einer fernen, entrückten Zeit, in der es das Heulen eines Motors geben und er eine Tat vollbringen würde, die ihn aus der Skulptur erweckte, weckte durch den Motorenlärm eines Lastwagens, in einer fernen, entrückten Zeit, während er in Wahrheit doch Teil der Skulptur war und Fasern hart und dunkel durch ihn liefen, hinüber zu ihr, Tanja . . .

«Sid!», sagte sie, «wir müssen weg. Dort drüben, das Haus! Man beobachtet uns!»

Er rappelte sich hoch, blinzelte ins Mittagslicht. Am Hang gegenüber dröhnte der Motor eines Lastwagens, schepperte eine Ladefläche. Während er zu sehen versuchte, was Tanja ängstigte, schoss die Erinnerung in ihm hoch, die Erinnerung an seine Tat. Wieder durchströmte ihn Begeisterung. Er sprang auf und streckte sich.

«Komm, packen wir. Ich brauche sowieso dringend einen Kaffee.»

Tanja saß in weißer Turnhose und einem rot-weiß gestreiften Shirt auf dem Rand der Luftmatratze.

«Mach dir keine Sorgen. In fünf Minuten sind wir hier weg.»

Er sah zu dem Haus hinüber, einem Bauernhof zwischen Bäumen, umgeben von einer Mauer. Stimmen tönten herüber: eine raue Frauenstimme, der ein Mann antwortete.

Endlich frei!, dachte er.

6

Tanja rollte die Schlafsäcke zusammen und stopfte Papier und Toilettenbeutel in eine Tragetasche, während Sid die Luft aus der Matratze presste. Die Straße führte in einer lang gezogenen Schlaufe an dem Haus vorbei. Ein erdiger Platz bildete den Hof, der Schatten eines Baumes fiel darauf, doch die Leute, die sie gehört hatte, waren nicht zu sehen. Nur ein Hund lief mit gesenktem Kopf an der Mauer entlang.

Zwei weitere Kehren, dann waren sie auf der Krete. Noch einmal sah Tanja in die Senke, dann verschwand das Stoppelfeld, die Kuppe, wo sie unter einer Hecke geschlafen hatten. Vielleicht zum letzten Mal zusammen geschlafen, dachte Tanja. Dann war der Ort Vergangenheit, ein Bild der Erinnerung.

«Wir gehen ins erstbeste Gasthaus, egal wie's aussieht. Einzige Bedingung: Es gibt Kaffee!»

Sid schien bester Laune. Er redete pausenlos, plapperte wie ein Kind. Sieh dies! Schau dort! – als wäre die Landschaft voller Wunder. Hatte er denn vergessen? Spürte er nicht, wie elend ihr war?

«Weißt du», sagte er unvermittelt, «jetzt werde ich endlich diesen Essay über die Psychologie der Technik schreiben. Die ersten Seiten dazu habe ich schon in deinem Alter geschrieben . . .»

Und ich?, dachte Tanja. Warum kümmert ihn nicht, wie ich mich fühle?

«Ich hatte damals viel über die Auswirkungen der Technik auf die Gesellschaft gelesen, darüber, welche Veränderungen die Großtechnologien notwendigerweise nach sich ziehen. Dabei kam mir der Gedanke, dass es wohl eher umgekehrt sein müsste: Zuerst ereignen sich die geistigen Veränderungen. Sie erst machen eine Technik notwendig. Es wäre also richtiger, die Technik als einen komplizierten Ausdruck für eine vorausgegangene Veränderung zu sehen. Man müsste dann die Technik wie Träume deuten. Analysiert würde nicht der Mensch, sondern das Auto, beispielsweise diese jämmerliche Prachtkarosse hier –»

Sid schlug mit der flachen Hand aufs Lenkrad.

Tanja blickte aus dem Seitenfenster, um Sid nicht ansehen zu müssen.

Ausgerechnet dieses Auto, dachte sie.

Sie waren durch zwei Ansiedlungen gekommen. Jetzt, nach einem Waldstück, gelangten sie zu einer Gruppe alter Gebäude. In einem Gemüsegarten arbeiteten zwei Frauen. Sid stoppte und fragte nach einem Restaurant. Die Frauen richteten sich auf, standen auf ihre Hacken gestützt da und sahen misstrauisch zum Wagen herüber. Vielleicht Mutter und Tochter.

Sid wiederholte seine Frage. Die ältere der Frauen schob eine Haarsträhne unter ihr Kopftuch, dann streckte sie den Arm aus und wies in die Richtung, aus der sie gekommen waren. Sie müssten fünfzig Meter zurückfahren und dann rechts abbiegen. Ein anderes Restaurant sei etwa zwei Kilometer entfernt, dort oben. Sie zeigte in Richtung der Straße, die hügelan weiterführte. Die junge hatte kein Wort gesagt, nur geschaut.

«Fahr weiter, Sid!», sagte Tanja. «Ich weiß nicht warum, aber ich mag diese Frauen nicht. Du hättest nicht fragen sollen. Sie werden sich erinnern und uns wiedererkennen.»

Sid wendete den Wagen.

«Gleich gibt's Kaffee. Endlich. Ich bin wie ein ausgetrockneter Schwamm. Ein Morgen ohne zwei, drei Tassen Kaffee ist nicht mal im Urlaub auszuhalten.»

Er fuhr in die angegebene Richtung zurück und sie gelangten zu einem Steinhaus mit Rundtor, eine Weinkelter vielleicht. Sie stiegen aus und überquerten den Platz vor dem Haus. In der Gartenmauer war ein schmiedeeisernes, von Säulen flankiertes Tor eingelassen. Dahinter lag ein Kiesweg, der zwischen Rasenstücken zu einem ehemals herrschaftlichen Haus führte. Die Läden waren geschlossen. Vier Säulen trugen einen Balkon mit Balustrade, der die Eingangsterrasse überdachte. Diese war bis auf einen Korbstuhl leer und über der Flügeltür stand in verwitterten Buchstaben «Albergo Giovanno».

Sid versuchte, die Gartenpforte zu öffnen.

«Komm, gehen wir», sagte Tanja. «Es sieht nicht gerade einladend aus.»

Er drückte die Klingel. In dem verschlossenen Gebäude schrillte es.

«Die beiden Frauen hätten uns bestimmt nicht hergeschickt, wenn es geschlossen wäre», sagte er.

Er klingelte ein weiteres Mal. Über der Veranda wurde ein Laden aufgestoßen. Auf den Balkon trat ein junger Mann. Er trug ein altmodisches, weißes Nachthemd. Er stützte sich auf die Balustrade.

«Was wollen Sie, was wollen Sie? Es ist geschlossen. Hören Sie auf zu läuten. Gehen Sie weg!»

Er fuchtelte mit den Händen, wandte sich ab und schloss den Laden hinter sich.

«Proprieta privata. E vietato ...», murmelte Tanja.

«Wie?», fragte Sid.

Sie schüttelte abweisend den Kopf.

7

Warum freute sich Tanja nicht mit ihm, da er sich doch so gut fühlte? Da ein überquellendes Glück in ihm war? Jeder Augenblick schien ihm neu, noch nie erlebt. Was bekümmerte ihn, dass er keinen Kaffee bekommen konnte? Dieses einstmals vornehme Haus, vor dem sie eben gewartet hatten, der ausgetretene Kiesweg, die Veranda mit der Flügeltür – dies alles war von Wirklichkeit erfüllt gewesen. Er hatte den Klang der Terrasse, der Tür und der verwitterten Fassade gehört: Er fühlte, er war Teil der unmittelbaren Wirklichkeit, und diese Empfindung entsprang nicht irgendeiner Laune. Er war frei! Frei für immer, weil er im «Augenblick der Bewährung» nicht versagt hatte. Vor ihm hatte er sich ein

Leben lang gefürchtet und gestern Nacht war dieser Augenblick da gewesen. Ein Moment, in dem er nicht nur sich selbst, sondern Tanja und das Leben schlechthin gegen eine perverse Zerstörungskraft verteidigt hatte. Die gestrige Tat beendete seinen Irrweg. Er hatte die Selbstachtung wiedergewonnen, die in den letzten zwanzig Jahren in Stücke gebrochen und allmählich zerbröselt war.

In seiner Schulzeit hatte sich Sid für den spanischen Philosophen Ortega y Gasset begeistert. Er wollte zu jenem Intellektuellen werden, der nach Ortegas Umschreibung durch die Dinge hindurchgeht und selbst kein Ding ist, sondern etwas Flüssiges, Feuriges, Magnetisches. Er begann kurze philosophische Betrachtungen zu schreiben, schickte sie an Zeitungen und bekam sie postwendend zurück. Er bewohnte eine Mansarde, in der es nur ein Bett, einen Tisch und einen Ausblick über die Dächer der Altstadt gab. So oft wie möglich schwänzte er die Schule und saß in Kaffeehäusern. Die Ablehnungen bestätigten ihn eher, als dass sie ihn entmutigten. Er schrieb weiter, über alles, was er sah, dachte, empfand, und füllte die schwarzen Notizhefte mit seiner steilen Handschrift.

Nach der Reifeprüfung schrieb er sich an der philosophischen Fakultät ein. Damals begann, was er seit seinem ersten «Schlaganfall» als Irrweg bezeichnete.

«Ich habe jetzt die wendige, glatte Sprache verloren, die immer verfügbar ist und der ich zwanzig Jahre meines Lebens geopfert habe. Die Sprache der kleinen Unredlichkeiten und Selbstverleugnungen.» Das hatte er nach dem ersten Spitalaufenthalt gesagt. «Jetzt lerne ich wieder die andere Sprache, die Sprache der Wahrheit ...»

Denn diese hatte er in jenem Sommer gefunden, als er die Abschlussklasse des Gymnasiums besuchte. Die Ferien hatten begonnen. Die letzten Schultage waren mit Aufräumen, Putzen und hastig erledigten Arbeiten vergangen. Nichts zählte mehr als die Erwartung von fünf Wochen Freiheit.

Sid fuhr zu seinen Eltern. Ihr Haus lag in einem Obstgarten außerhalb des Dorfes. Früher war es das letzte Haus an der Straße gewesen, die schnurgerade in die Ebene hineinlief. Jetzt stand zwischen zwei Birnbäumen ein Kiosk, dahinter erhoben sich die fünfzehn Blocks eines neuen Wohnquartiers.

Es war an seinem zweiten Ferientag gewesen, als er vom Garten aus Susanne sah, wie sie das Papier von einem Eiscornet zog. Sie tat es mit spitzen Fingern und hielt den Kopf geneigt. Eine Haarsträhne fiel ihr auf die Schulter.

Sid traf sie zwei Tage später, nicht ganz so zufällig, wie er sie glauben ließ. Sie hatten sich seit ihrer gemeinsamen Schulzeit nicht mehr gesehen, länger als drei Jahre. Sie war die Tochter eines reichen Grundbesitzers von Lättwil, eines standesbewussten Mannes, der von Zuzüglern wie den Peters wenig hielt. Zudem stieß sein Land an die beiden Kiesgruben, an denen Sids Vater die Mehrheitsbeteiligung besaß und die neue Abbauflächen beanspruchten.

Auch Susanne hatte Ferien und war aus der Stadt, in der Sid später studieren sollte und wo sie in einer Galerie arbeitete, nach Hause gekommen. Als er ihr gegenüberstand, war er verlegen. Sie lachte ein unbekümmertes Lachen.

«Um Himmels willen, Sid! Vergiss unsere Eltern. Wir sind doch Freunde.»

Und er lächelte zurück, weil er seine Schüchternheit so gründlich missverstanden sah.

In den folgenden Wochen gingen sie fast täglich hinunter zur Eisenbrücke. Auf der Insel, in der Sandkuhle unter den Weiden, trafen sie die anderen Jungen und Mädchen aus dem Dorf, schwammen übers Wehr hinunter und ritten Wellen auf einem Brett, das sie an der Eisenbrücke angebunden hatten. Wenn es regnete, zog die Clique flussabwärts zum *Fährhof*, einem Ausflugsziel, wo es eine Musicbox und einen Flipperkasten gab und niemand sich ärgerte, wenn sie lärmten.

Es war an einem Freitag gewesen. Über den Jurahöhen hatten sich Wolken aufgetürmt, dunkle, aufquellende Massen. Die Luft war schwer und schwül. Kein Wind wehte und ein leises, bedruckendes Summen lag über der Ebene.

Susanne hatte sich verspätet. Die anderen waren schon dabei zusammenzuräumen. Sie wollten den *Fährhof* vor dem Gewitter erreichen.

«Bleiben wir, ich möchte noch schwimmen», sagte sie.

Sid und Susanne gingen den Pfad am Ufer entlang flussaufwärts. Die Erde war festgetreten und rissig. Das Schilf schnitt in ihre Haut. Verfolgt von Mücken und Bremsen liefen sie eine halbe Stunde. Wind kam auf, die Erlen bogen sich und flirrten mit silbrigen Blättern, von der Jurakette her hörten sie Donner.

Sie ließen sich im Fluss treiben, als das Gewitter mit einem Blitzschlag losbrach. Keine fünfzig Meter entfernt kippte die Krone einer Weide und klatschte ins Wasser.

Sie schwammen ans Ufer, rannten den Pfad entlang zu einem Holzschuppen, wo sie sich keuchend unterstellten. Der Himmel war schwefelgelb, Blitze schossen herab, es rauschte und prasselte, das Schilf neigte sich unter den Hieben des Regens, die Wasseroberfläche war grau schraffiert, und immer neu erzitterte die Luft.

Als Sid sich Susanne zuwandte, stand sie wie damals beim Kiosk vor ihm, den Kopf geneigt, und eine nasse Haarsträhne fiel ihr auf die Schulter.

Er umarmte ihren nassen Körper, der weich und kühl war. Er presste ihn an sich, spürte den stoßweisen Atem, den Herzschlag und wusste nicht, was er weiter tun sollte, als Susanne nur immer so zu halten, auch wenn die Arme schmerzten.

«Komm!»

Im Innern des Schuppens roch es nach Harz, es war warm und trocken. Sid hatte das kleine Fenster aufgestoßen und war hineingestiegen. In einer Ecke breiteten sie Säcke und eine Plane aus. Dann lagen sie aneinander geschmiegt da, hörten auf den Regen, der bald schwächer wurde, und es dämmerte bereits, als sie zusammen schliefen: ein langes, leidenschaftliches Ritual. Sid war es, als könnte er Farben riechen und Laute berühren, ihre Haut hören wie Gesang.

Der Tag graute, als er nach Hause ging, langsam, langsam, als wolle er nie in dem Haus am Rande des Dorfes ankommen.

Er erinnerte sich: Bei einer Gartenhecke blieb er stehen, betrachtete einen Tropfen, der im Frühlicht und in der Stille des anbrechenden Tages funkelte. Dieser Tropfen war Teil des Wunders, als das ihm das Dasein erschien. Sid fand plötzlich ein paar Wörter, die sich zu Versen formten, wiederholte sie murmelnd, noch als er in sein Zimmer schlich.

So geht der Sommer
ein paar Regengüsse
ins Laub und auf den Rasen
erste Astern in den Vasen
Sommers End.

Das Heft beiseit gelegt
es bleiben leer die Seiten
Wie auf dem Flusse treiben
Wolken in den Scheiben
Sommers End.

Am nächsten Tag erfuhr er, dass Susanne abgereist war. Ihre Ferien waren vorbei. Eine Woche später kehrte er zur Schule und seinem Zimmer unterm Dach zurück.

Es begann eine Zeit, in der er glücklich war, schrieb, las und neues Selbstvertrauen fasste. Zwei-, dreimal in der Woche besuchte er Susanne in der Stadt. Der Schulabschluss rückte näher. Das Studium würde mehr Freiheit bedeuten, eine größere Unabhängigkeit von den Eltern, und Sid hatte sich erträumt, zusammen mit Susanne zu wohnen.

Doch in der Galerie verkehrten Menschen, die zu einer Welt gehörten, von der er ausgeschlossen blieb. Susanne wollte sich ihre Unabhängigkeit bewahren. Zudem traf sie sich immer häufiger mit einem Maler, war zu Hause kaum je anzutreffen und gebrauchte Ausflüchte, wenn Sid sie zur Rede stellte. Er lief stundenlang durch die nächtlichen Straßen, getrieben von Eifersucht, ging in Bars und Kneipen, von denen er wusste, dass sie sie besuchte. Die Vorlesungen langweilten ihn. Er begann sich abzukapseln, floh in maßlose Lektüre, die ihn nur schmerzlicher die innere Leere empfinden ließ.

Damals lernte er Selma kennen. Sie half ihm über den Verlust von Susanne hinweg, doch die Kraft und das Selbstvertrauen, die er nach jenem Sommer gefühlt hatte, vermochte sie ihm nicht zu geben. Sie ermunterte ihn weiterzuschreiben, was er schließlich auch tat. Er stand sogar morgens um sechs Uhr auf, setzte sich an den Tisch in ihrem gemeinsamen Zimmer und arbeitete an seinem Essay weiter. Doch er tat es lustlos, eigentlich mehr, um sich zu verheimlichen, dass ihm die Notwendigkeit abhanden gekommen war.

«Damals begann, was ich jetzt, nach dem Schlag, als Irrweg erkenne», hatte er im Krankenhaus gesagt. «Ein Irrweg, den ich zwanzig Jahre lang gegangen bin, bis heute, bis hierher –»

Sid hatte sich einem Kollegen angeschlossen, der es mit nur gerade vier Semestern Germanistik zum Redakteur einer Lokalzeitung gebracht hatte. Diesem Bekannten zeigte Sid einige seiner Arbeiten – und der korrigierte sie, schrieb sie um und machte daraus kleine, witzige Glossen. Sid hatte bald den Dreh raus. Er schrieb selber Reportagen, setzte Gewöhnliches in ungewöhnliche Worte und wurde freier Mitarbeiter bei derselben Lokalzeitung. Er heiratete Selma, nachdem sie zwei Jahre zusammengelebt hatten. Er heiratete sie, aus Gewöhnung, wie er später behauptete. In Wirklichkeit spielte Eifersucht mit: Selma hatte sich in einen Musiker verliebt und diesmal wollte Sid nicht verlieren. Selma wurde schwanger. Er bewarb sich als Redakteur bei der «Neuen Tageszeitung» und erhielt die Stelle.

Alles war in bester Ordnung. Nach Karin, die jetzt so alt war wie Tanja, wurde drei Jahre später Susanne geboren. Sid wurde stellvertretender Chefredakteur, kaufte ein Einfamilienhaus in einer ländlichen Gemeinde, eine halbe Stunde von der Stadt entfernt, wechselte den Verlag, wurde Chefredakteur einer Boulevardzeitung und hatte vor fünf Jahren das Angebot erhalten, eine neue Abendzeitung zu konzipieren. «Eine absolut fantastische Aufgabe», wie er damals in einem Rundfunkinterview sagte.

Nach der ersten Krise, nach den Tagen auf der Intensivstation, wo er gelegen hatte ohne sprechen zu können, dachte er, der wendige, wortgewandte Teil seines Wesens sei nun zerbrochen. Mit den langsam wiederkehrenden Wörtern würde er jenes schwerfälligere Ich werden, das suchte, fragte und sich nicht mit dem äußeren Schein zufrieden gab. Diesem anderen, vergessenen Ich sollte fortan die Sprache dienen, die allmählich wieder zu sprechbaren Lauten kristallisierte.

Sid hatte in all den Jahren der Arbeit als Journalist den Glauben an Ortegas Idee des Intellektuellen, an den «ewigen, unbestechlichen Sucher nach Wahrheit» nie ganz aufgegeben. Im Redaktionsalltag aber gewann stets sein wendiges Ich. Er schwieg, wenn Ungerechtigkeiten geschahen, schlug selber faule Kompromisse vor oder benutzte Ausflüchte. Täglich verspielte er ein Stück Selbstachtung, verlor ein Quäntchen seiner verborgenen Ehre. Und war sich dabei bewusst, dass er sich für nichts und wieder nichts verschliss.

Sid war überzeugt, dass der erste «Schlag» eine Quittung dafür gewesen war und den Weg für das bessere Ich frei gemacht hatte.

Doch dann, drei Monate später, kam ein zweiter «Schlag», schwächer als der erste. Schon nach Stunden erholte er sich. Der behandelnde Arzt meldete ihn zur erneuten Untersuchung in der Klinik an. Nach einer Woche der Ungewissheit lautete die Diagnose: Hirntumor, und Sid sah in diesem Befund seine Verurteilung bestätigt.

Auch wenn die Operation später ohne Komplikationen verlaufen war und er nach einem Dreivierteljahr Therapien als vollständig geheilt entlassen wurde, hatte er jedes Selbstvertrauen verloren. Die Beziehung zu Tanja war der Versuch, nochmals dort zu beginnen, wo Susanne ihn verlassen hatte, obschon er glaubte, bereits vor der Operation, durch den zweiten «Schlag» verworfen zu sein. Er hatte versagt, bis tief ins Physische.

Versagt, bis gestern Abend.

Da hatte er gehandelt. Er hatte getan, was die Not erforderte, ohne nach den Folgen oder Auswirkungen zu fragen. Kein Kompromiss, keine Ausflüchte. Die reine, unmittelbare Tat war vollbracht. Er hatte getan, wofür er in dem Augenblick bestimmt war. Also wurde er gebraucht, also war er vom Schicksal noch nicht abgeschrieben.

Er hatte den Unbekannten aus seinen Krankheitsträumen besiegt, jenen Fremden, der stets gedroht hatte, ihn zu vernichten. Wie hätte er ahnen können, dass es in Wirklichkeit ein Krimineller war, einer der gefürchtetsten, seit fünfzehn Jahren gesuchten Massenmörder? LPM, der Liebespaarmörder! Und er, Sid, hatte nicht versagt – er hatte aus Notwehr gehandelt.

Er war endlich der geworden, der er immer hatte sein wollen. Das musste Tanja doch verstehen!

8

Das Haus stand allein an der Straße, ein niedriges, längliches Gebäude, von der Sonne beschienen. Über dem Eingang, in der Mitte, hing das gelbe Telefonschild. Sonst wies nichts darauf hin, dass es sich um ein Restaurant handelte.

Auf der gegenüberliegenden Straßenseite führten ein paar Stufen zu einem Gemüsegarten hinauf. Sid stellte den Wagen dicht an die Steinmauer in den Schatten zweier Zypressen. Das Heck kam nahe an einem Brunnen zu stehen. Das Wasser, das aus dem Messinghahn gurgelte und spritzte, war lauwarm. Aber es erfrischte dennoch, als sie sich Gesicht und Hände wuschen.

Während Tanja zur Terrasse am Ende des Gebäudes ging, betrat Sid das Haus. Es roch nach Essen. Als sich seine Augen an die Dunkelheit gewöhnt hatten, bemerkte er rechts die Küche. Vor dem Herd, auf dem es in zwei großen Töpfen brodelte, saß ein Alter mit Samtkäppchen, die Hände im Schoß und sah auf das schäumende Wasser. Hinter ihm, an einem Tisch, putzte eine Frau Gemüse. Sid trat in die Tür und fragte, ob er ein Frühstück bekommen könne. Die beiden Alten sahen ihn an ohne zu antworten und als Sid ein weiteres Mal fragte, wandten sie sich wieder ihren Beschäftigungen zu.

Sid kam an einem Speiseraum vorbei, der wohl schon lange nicht mehr benutzt worden war. Am Ende des Flurs befanden sich Waschbecken und Toiletten. Rechts ging es in eine Bar mit runden Tischen, die Fensterläden waren halb geschlossen und Streifen Lichts fielen auf die Steinfliesen. Auch die Bar war verlassen.

«Sieht schlecht aus», sagte er, als er auf die Terrasse

trat, wo zwischen Granatbäumen in Holzkübeln ein paar Tische standen.

Tanja hatte sich an einen Tisch in der Nähe des Geländers gesetzt, die Beine auf einen Stuhl gelegt und das Gesicht mit geschlossenen Augen der Sonne zugewandt. Sie richtete sich auf.

«Ich glaube kaum, dass wir hier zu unserem Frühstück kommen. Doch um ehrlich zu sein, ohne Kaffee mache ich es nicht mehr lange und Hunger habe ich auch.»

«Bestimmt kriegen wir was», sagte Tanja. «Ich organisiere uns zumindest etwas zu trinken.»

Die Terrasse ging auf einen Garten, in dem eine Kinderschaukel stand. Junge Buchsbäume waren in ein Rund gepflanzt, aber nicht geschnitten worden. Gräser und Unkraut überwucherten die einst angelegten Wege. Vor Jahren mochte das Restaurant als Ausflugsziel geplant worden sein.

Sid hatte sich in den Halbschatten gesetzt. Es war warm, aber noch nicht heiß. Er genoss das Gefühl, Urlaub zu haben, auch wenn er eine Spur von Anspannung spürte. Als wäre die Empfindung, endlich befreit zu sein, nicht mehr ganz selbstverständlich.

Er sah zum Wagen hinüber. Die Kratzer, die die Zweige auf der staubigen Karosserie hinterlassen hatten, waren sogar im Schatten zu erkennen.

«Den kleinen Kaufladen neben der Küche musst du dir ansehen», sagte Tanja. «Er ist geradezu abenteuerlich.»

Sie war wieder auf die Terrasse getreten und balancierte ein Tablett. Sie stellte es auf den Tisch.

«Keinen Milchkaffee, nur Espresso, und statt Konfitüre gibt's Pflaumenmus. Aber ich habe Brot und Butter bekommen.»

Sie aßen und Sid bemerkte mit Genugtuung, wie Tanja sich heißhungrig auf das Frühstück stürzte.

Kurz vor dem Halt hatte er zu ihr gesagt: «Ein wesentliches Kennzeichen der Technik ist, dass sie uns um die Unmittelbarkeit bringt. In allen Lebensbereichen schiebt sie sich mit ihren Mitteln zwischen den Menschen und seine Erfahrung, das heißt zwischen ihn und die Wirklichkeit. Heute empfinde ich alles so, als wirkten die Dinge ungebrochen auf mich ein, in ihrer Ursprünglichkeit, ohne eine Verfälschung durch Worte oder Gedanken.»

Tanja hatte daraufhin ohne ihn anzusehen gesagt: «Schrecklich!»

Ihre Ablehnung hatte ihn gekränkt. Sie wollte nicht verstehen. Konnte es vielleicht auch nicht. Er hätte jetzt gerne nochmals davon gesprochen. Doch er wagte es nicht. Endlich war Tanja gelöst und zufrieden. Also schwieg er.

9

Tanja hatte im Laden gestanden und dem bärtigen Besitzer zugesehen, wie er sie andächtig bediente.

So muss es sein, dachte sie. Was ging sie die sinnlose Geste an, bevor der Arm zurücksackte und die Scheinwerfer ins Leere stachen? Was der dumpfe Stoß beim Aufprall des Körpers?

Das hier ist Wirklichkeit: der Laden, in dem es scharf nach überreifem Käse riecht und sich die Fliegen jagen.

Die Wandgestelle waren mit Beuteln, Schachteln, Tüten und Büchsen voll gestopft. Eine fingerdicke Schimmelschicht hatte das Pflaumenmus bedeckt, doch die Bewegungen des Bärtigen waren darum nicht weniger selbstverständlich gewesen. Mit einem langen Löffel holte er von der schwarzen, klebrigen Masse unter dem Schimmel hervor und er schien sich von diesem Tag nicht mehr zu erwarten, als den wenigen Kunden zu geben, was sie verlangten.

Und jetzt, auf der Terrasse, war es warm und roch nach Erde. Sie frühstückte, kaute Brot und schlürfte überzuckerten Espresso. Drinnen saßen die beiden Alten bei ihren Töpfen, der Bärtige bediente im Laden ...

Niemand schickt uns weg.

Sie waren Gäste, einfach Gäste.

«Das Pflaumenmus schmeckt gar nicht übel», sagte Tanja, «wenn auch nicht unbedingt nach Pflaumen.»

«Dafür ertrinken wir nicht gerade im Kaffee. Ein Fingerhut voll, wo ich einen Ozean vertragen könnte.»

Er stand auf und nahm das Tablett vom Tisch.

«Wo, sagst du, ist dieser Laden?», fragte er.

«Du mußt durch die Küche gehen. Und kauf noch von den Früchten, für unterwegs.»

Tanja lehnte sich zurück. Sie verschränkte die Hände im Nacken. Im Obergeschoss wurden die Fensterläden geschlossen.

Jetzt wünschte ich mir in einem abgedunkelten Zimmer auf einem Laken zu liegen, nach draußen zu lauschen und allmählich einzuschlummern –.

Sie zuckte zusammen, als der Mann mit seinem Hund auf die Terrasse trat. Vermutlich ein Jäger. Sie hatten ihn auf der Straße überholt. Er ging zu einem der Fenster und sprach durch die Läden mit jemandem, der für Tanja nicht zu hören war.

Der Hund, schwarz, mit glänzendem Fell, hatte sich dicht an der Hauswand in den Schatten gelegt. Doch er war unruhig, hob den Kopf, sprang auf, und der Mann zerrte an der Leine. Er stieß ihn in die Flanke. Das Tier winselte, kuschte widerstrebend. Ganz leise war ein Knurren zu hören.

10

«Nichts zu machen –!»

Sid kam mit dem Tablett und zwei Espressotassen zurück.

«Mit meinen ganzen Italienischkenntnissen habe ich den Wirt zu überreden versucht, gleich eine Kanne zu füllen. Aussichtslos!»

«Ist ja egal, Sid.»

Er folgte ihrem Blick. Fürchtete sie sich vor dem Hund? Der Mann hielt ihn doch an der Leine.

«Egal? Das sagst du so. Du weißt doch, dass ich mindestens drei große Tassen brauche.» Wieder spürte er eine Spur von Anspannung. «Eine Angewohnheit aus Redaktionstagen.»

Er lächelte gezwungen.

Verdammtes Vieh!, dachte er. Abgerichtet, allem und jedem die Zähne zu zeigen!

Tanja schien wie gebannt.

«Er wird noch besser werden», sagte der Mann und strich seinem Hund stolz übers Fell. «Er spürt jetzt schon gut. Aber er wird noch besser werden.»

Warum musste der Köter Tanja die Stimmung verderben?

Und da schnellte der Hund vor, als hätte er Witterung. Der Mann riss ihn zurück.

«Was ist, was hast du? Platz!», schrie er und trat mit dem Stiefel nach ihm.

Der Hund duckte sich.

«Er hat irgendwas in der Nase. Schon vorhin hat er dort hinübergezogen.»

Der Mann wies mit dem Kopf die Richtung.

«Komm, gehen wir!», sagte Tanja.

«Wieso denn? Lass mich doch in Ruhe meinen Kaffee trinken.»

Dort drüben? Sid stutzte. Dort drüben stand im Schatten sein Wagen.

«Was ist denn los?»

«Begreifst du nicht?» Sie starrte ihn an.

Er hatte nicht daran gedacht. Wahrscheinlich klebte Blut am Wagen. War es das, was der Hund witterte?

Tanja raffte fahrig die Reste von Brot und Butter zusammen.

«So komm doch endlich!»

Und Sid begriff. Es war absurd! Was aber sollte er tun?

Er hob die Schultern – wie damals, wenn er Kompromisse machte. Wieder wie damals.

11

«Mist», sagte er.

«Was ist?»

«Ich habe keine Lust, da hinunterzufahren.»

«Sid, wir könnten doch baden!»

«Im Fluss? In einem halb ausgetrockneten, verdreckten Fluss?» Er grinste verächtlich.

«Sid, ich mag nicht mehr umherfahren. Diese Straßen, diese Landschaft, ich habe genug, verstehst du?»

Er schwieg und nahm die nächste Abzweigung: einen überwachsenen Weg zwischen Büschen. Tanja seufzte. Bestimmt war es nur wieder eine Zufahrt, ein toter Gang im Labyrinth, der wie alle anderen enden würde.

PROPRIETA PRIVATA – E VIETATA ...

«Sid! Bitte, was soll das –?»

Sie musste mit ihm reden. Es ging nicht anders. Sie konnten nicht ewig fliehen.

Doch wie um Sid zu rechtfertigen, gelangten sie aus dem Schattengang an den Rand eines weiten, trichterförmigen Halbrunds. In der Tiefe lag ein Weiher, rund wie eine Münze, umrahmt von Schilf und Gebüsch.

«Na also!», sagte Sid triumphierend, als hätte er den Ort gekannt und Tanja überraschen wollen. «Ist das nicht hübscher als der Fluss?»

Er lächelte und sie lächelte zurück. Wozu reden? Es würde geschehen, was geschehen musste. Und vielleicht war dies ein Ort, wo sie bleiben konnten.

Doch dann schien die Hoffnung auch schon wieder enttäuscht.

«Sid! Das Haus!»

Es lag etwa hundert Meter oberhalb des Weihers, dort, wo das versteppte Halbrund sich zu einer Schlucht verengte, die hinab zum Wasser führte. Es war ein eingeschossiges Steinhaus, an das nach unten versetzt Stallungen und eine Scheune angebaut waren.

In einer Entfernung von etwa fünfzig Schritten stand gegenüber dem Wohngebäude ein Turm.

«Man wird uns nicht gleich wegjagen», sagte Sid.

«Wir können auch fragen. Vielleicht gehört der Weiher gar nicht zum Haus.»

Als der Wagen auf den ebenen Platz zwischen Turm und Haus rumpelte, sahen sie gespannt zur Tür. Nichts regte sich. Im kniehohen Gras lagen leere Zementsäcke, ein Eimer aus Plastik und rostiges Eisengerät.

«Es ist bestimmt unbewohnt», sagte Sid und Tanja spürte seine Erregung. «Komm!»

Sie stiegen aus und gingen hinüber.

Die Haustür war zugesperrt. Daneben befand sich ein Fenster, nicht sehr groß und offenbar neu eingesetzt. Es stand einen Spaltbreit offen und Tanja stieß es auf.

Sie blickten in eine Eingangshalle. Ein Luftzug wehte ihnen entgegen.

«Fledermäuse!» Sid deutete zur Decke, an der die Tierchen kopfüber hingen.

«Ein bisschen unheimlich», sagte Tanja.

Durch ein zweites Fenster sahen sie in den Wohnraum. Vor einem hohen, offenen Kamin standen zwei Klubsessel und ein Sofa. Im Hintergrund, in der Vierung eines Durchgangs, waren ein Ausguss, ein Spülbecken und Schachteln sowie ein kleiner Hocker zu erkennen. Der Mauerstaub und die frischen Farbkleckse auf dem Boden deuteten darauf hin, dass hier jemand ausbesserte und umbaute.

«Gehen wir nach hinten!»

Ein ausgekarrter Weg führte zu den Stallungen und der Scheune hinunter. Die Türen zu den Ställen standen offen, unter dem Vorbau verrosteten zwei Maschinen und ein Fahrrad. Das Dach der Scheune war eingesunken, auf dem Boden lagen zerbrochene Ziegel.

«Hier wird uns niemand vertreiben», sagte Sid.

Dann wollte er sich unbedingt den Turm ansehen.

«Ich vermute, er ist recht alt. Vielleicht eine Art Wehrturm. Früher hatten die Güter so etwas. Oder er diente in den Zeiten der Stadtkriege, wo jede Familie ihren Condottiere und einen Haufen wüster Gesellen hatte, der Sicherung und Lagerung von Vorräten.»

Tanja lächelte. Er war voll kindlicher Begeisterung. Er redete, als wären die Wörter magische Formeln gegen das Unheimliche, das von den leeren Räumen ausging.

Sie blickte ihm nach, wie er über die Steinstufen hinaufstieg und im Innern des Turmes verschwand.

Tanja holte die Badesachen. Im Kofferraum und auf der hinteren Sitzbank herrschte ein Tohuwabohu.

Sie legte Tücher und Decken zusammen, räumte Haarbürste und Tuben in die Toilettenbeutel, verstaute sie in den Taschen und ordnete die Gepäckstücke.

Plötzlich bemerkte sie, dass sie allein war. Wo blieb Sid? Warum kam er nicht? War ihm etwas zugestoßen? Gleichzeitig wurde ihr bewusst, dass sie am Heck des Wagens stand, dort, wo gestern Nacht der Mann mit erhobenen Armen aufgeprallt sein musste . . .

«Sid!», rief sie.

Als keine Antwort kam, rannte sie los, rannte über den Platz und durch das Gras hinüber zum Turm. In zwei Sprüngen stand sie oben auf den Stufen, im Eingang.

Durch Fensterluken fiel spärliches Licht in den nackten, quadratischen Raum. Zwischen zerbrochenen Tonplatten kam der Unterboden zum Vorschein. In der Ecke führte eine Treppe hinauf. Tanja setzte vorsichtig Fuß vor Fuß.

Zwei solcher Stiegen musste sie hochklettern. Als sie

den obersten Bodenausschnitt ängstlich und schwindlig erreichte, bemerkte sie ihn.

Sid saß in einer Fensternische, in die schräg Sonnenstrahlen einfielen, saß da mit angezogenen Knien und sah hinaus. Er war versunken in den Anblick, kaum gegenwärtig, als wäre er selbst ein Quaderstein oder ein Balken, nur Körper – so wie die Dinge sein mochten, wenn niemand sie ansah.

Tanja spürte wieder dieses «Uralte» an ihm, als gehörte er nicht in die Zeit, als wäre er ein Fremdling: ein flüchtiger Gast, der sich kurz in einem Traum aufhielt, zu dem auch sie gehörte. Doch in Wirklichkeit war er nicht da, und Tanja erfüllte das mit Angst und Eifersucht.

«Sid!», sagte sie leise. «Sid!»

Er wandte sich um. Sein Gesicht drehte sich zur Hälfte in den Schatten, wirkte breit und rund, und sie sah das Lächeln, dieses spöttische Lächeln, das sie aus der Zeit vor der Operation an ihm kannte.

«1546», sagte er. «Die Jahreszahl ist über dem Eingang eingemeißelt: 1546. Renaissance.»

12

Es war an einem Morgen im Spätherbst gewesen. Sie hatte sich verspätet. Ein Bekannter hatte sie im Wagen mitgenommen und zur Klinik gefahren. Im Nebel zerflossen die Lichter. Es war diesig und kalt. Noch immer brannten die Lampen bei der Auffahrt, es wollte nicht Tag werden.

Tanja betrat das Gebäude durch den Haupteingang,

während sie sonst eine Tür beim Seitentrakt benutzte. Er hatte vor der Aufnahme gesessen, zusammen mit einer Frau, die sich offensichtlich Sorgen machte: Selma, wie Tanja später erfuhr. Sie hatte ihn hergebracht, und da saß er, beide Beine nebeneinander gestellt, den Oberkörper kerzengerade aufgerichtet. In der weiten Hose und der wattierten Windjacke sah er aus, als hätte man ihn in fremde Kleider gesteckt.

Tanja überlegte sich später, weshalb ihr Sid aufgefallen war, warum sie sich so deutlich an ihn erinnerte. Es saßen täglich dutzende von Patienten mit ihren Angehörigen vor der Aufnahme. Warum gerade er?

Es musste die Ruhe gewesen sein, die er inmitten der Geschäftigkeit ausgestrahlt hatte. Er wirkte so überlegen, dass es den Anschein hatte, er wäre nicht wirklich da. Als ginge ihn die rationalisierte Abfertigung von Schicksalen so wenig an wie die stickige, trockene Luft, die er atmen musste.

Dieser Eindruck wurde ihr erst ein paar Tage danach bewusst. Auf der Abteilung war Sid bereits Gesprächsstoff. Obschon sie ihn an jenem Morgen nur flüchtig gesehen hatte, erkannte sie ihn sofort wieder, als sie aus Neugier und unter einem Vorwand das Zimmer in der Privatabteilung betrat.

Sie wusste, was sie zu sehen bekäme. Ihre Kolleginnen hatten davon erzählt.

Sid saß beim Fenster am Tisch. Er rauchte. Vor ihm stand ein Glas Kaffee, Pulverkaffee, den er mit warmem Leitungswasser zubereitete. Er trug einen gestreiften Bademantel. Die Füße steckten in Schlappen.

Ganze Stapel von Zeitungen und Büchern bedeckten den Tisch. Doch niemand hatte ihn je in einer der Zeitungen lesen sehen, auch wenn Selma, bisweilen eine seiner Töchter oder ein Redaktionskollege immer neue Stöße anschleppten. Er rauchte unablässig, obwohl das verboten war, trank mit einem Trinkhalm Pulverkaffee, den man ihm untersagt hatte. Unfassbar aber war seine Ruhe: die Fähigkeit, einfach nur dazusitzen und nichts weiter zu tun, Stunde für Stunde, Tag für Tag.

Sie hatte es nicht lassen können, ihn anzusprechen.

«Brauchen Sie etwas?»

Er wandte den Kopf, drehte ihn aus dem seitlich einfallenden Licht heraus ihr zu. Er lächelte und antwortete in einem ironischen, leicht spöttischen Ton: «Ich glaube nicht, dass Sie mir das geben können, was ich brauche.»

Und Tanja hatte ohne zu überlegen geantwortet: «Da wäre ich mir nicht so sicher.»

Er lachte ein dunkles, angenehmes Lachen. Sie fühlte sich auf eine ihr unbekannte Art durchschaut, war verlegen und geschmeichelt. Er nutzte ihre augenblickliche Verwirrung nicht oder nur so, dass er ein Geständnis machte, das sie rührte.

Offenbar hatte er längst gemerkt, was über ihn geredet wurde. Er sah vor sich auf die Tischplatte und sagte ein wenig traurig: «Sehen Sie, ich muss nachdenken. Nachdenken über etwas, mit dem ich noch lange nicht fertig bin.»

Sie hatte sich erst selbst verheimlicht, dass sie immer häufiger Gelegenheiten und Vorwände suchte, um in Zimmer 14-7 vorbeizuschauen. Er war zur neurologischen Abklärung zweier epilepsieähnlicher Anfälle mit zeitlich begrenzter Sprachlosigkeit aufgenommen worden. Sie kannte die mutmaßliche Diagnose, wusste, wie krank er war, und spürte doch eine Kraft, die sie anzog. Sie bewunderte seine Ruhe. Er besaß die Fähigkeit, selbst geringen Vorkommnissen eine unentdeckte Seite abzugewinnen. Tanja war dafür empfänglich. Der Alltag bekam durch seine Gegenwart etwas Ungewöhnliches, ließ sie die Arbeit, die neonbeleuchteten Gänge, das Stationszimmer und die Pausen in der Cafeteria lieben. Dazu kam, Sid begann sich ihr zu öffnen, bruchstückweise, in Monologen. Tanja hörte zu, während sie aufräumte, sich die Hände wusch und mit Desinfektionsmitteln einrieb oder nur einfach auf der Bettkante saß. Er redete, ohne den Blick von der Wand oder vom Fenster zu wenden: Gedankentrümmer aus den Nächten und Stunden am Tisch. Und seine Stimme klang leise, ohne Anflug von Sentimentalität.

«Es ist nachts geschehen. Ich kam gegen ein Uhr nach Hause und ging in mein Zimmer. Sie müssen wissen, wir besitzen ein Einfamilienhaus. Es liegt am Waldrand, man sieht auf die Ebene und die Biegungen des Flusses, eine Landschaft, die mich an meine Jugendzeit erinnert, an einen Sommer . . . Ich hatte mir in der Küche Kaffee gemacht, saß an meinem Schreibtisch und wollte lesen, da ich glaubte, nicht schlafen zu können. (Mein Zimmer liegt zu ebener Erde, während Selma schon vor ein paar Jahren in das ausgebaute Dachzimmer gezogen ist.) Allerdings hatte ich wenig Lust mir schon wieder Gedrucktes anzusehen. Ich hatte einen anstrengenden Tag in der Redaktion hinter mir. So saß ich da, wartete auf die Müdigkeit, ließ die Bilder, die unwillkürlich in meinem Kopf auftauchten, vorbeiziehen und rauchte – eine ‹Tätigkeit›, der ich, wie Sie wissen, ununterbrochen ‹obliege›. Plötzlich spürte ich die Änderung. Sie kam schleichend, als wäre der chemische Haushalt des Körpers durch geringfügige Dosen durcheinander geraten. Die Zigarette schmeckte mir nicht mehr. Ein bitterer Geruch brannte in der Nase. Ich schob die Kaffeetasse zur Seite. Doch schon diese Bewegung hatte keinen eindeutigen Sinn mehr. Ich konnte sehen, buchstäblich sehen, wie sich die Logik aufzulösen begann, als zerfiele das Gerüst des Denkens in Einzelteile, die nicht weiter zusammengehörten. Diese Beobachtung verursachte in mir eine Panik: eine Existenz- und Lebensangst. Und diese Angst – alles Vertraute zerbrach in diesem Augenblick – schoss in mir hoch und zerplatzte in meinem Kopf wie eine Faust. Ja, genau das: wie eine platzende Faust! Ich erinnere mich, dass ich diese Worte für den Vorgang hatte. Aber da stand ich schon im Bad; wahrscheinlich ist mir übel geworden, ich erinnere mich nicht, wie ich dorthin gekommen bin. Das Neonlicht brannte über dem Spiegel. Ich sah das Gesicht, weiß, weiß, der Mund halb geöffnet – starr, dunkel: zerbrochen und Höhle. Ich wollte etwas sagen, mir sagen, vielleicht auch rufen. Dabei merkte ich, dass ich die Wörter nicht mehr beherrschte. Sie hatten sich selbstständig gemacht (Sklaven in den Baumwollfeldern!), sich befreit, waren beliebig geworden – etwas Fremdes, das wie Wellen war, die sich verliefen, verloren im Nichts. Ich sah ihnen zu, sah im Spiegel das weiße Gesicht, das nicht mir gehörte, starr, mit halb offenem, tonlosem Mund – Sekunden, vielleicht Minuten. Die Angst wuchs, steigerte sich, bewirkte einen Zustand völliger Auflösung und Unbegrenztheit, so als hätte sich die anfängliche Panik immer neu vervielfacht, bis sie nichts ‹Eigentliches› mehr war. Ich erlebte das Wortloswerden, den Verlust der Sprache – ich, der ich mein ganzes Leben mit den Wörtern und durch die Wörter gelebt hatte. In dem sich auflösenden, zerfallenden Kosmos musste es jedoch noch einen Rest Willen gegeben haben: Ich stieg die Treppe hoch, ich weiß nicht wie, Stufe um Stufe, Ewigkeit für Ewigkeit, und am Ende aller Zeiten stand ich in Selmas Zimmer (wohin ich, seit sie es eingerichtet hatte, nie mehr gegangen war) und hatte nur ein Wort noch übrig, ein einziges, letztes Wort. Wollen Sie es hören? Es ist ärmlich genug und doch auch wieder das älteste, ursprünglichste, ohne das es vielleicht kein menschliches Leben gäbe: ‹Ja.› Dann platzte auch dieses letzte Wort, der Anfall kam, und als ich erwachte, lag ich auf der Intensivstation und wusste noch nichts von dem neuen Etikett in meinem Leben: Aphasie.»

«Sprachlosigkeit. Mein Beruf war ein Missbrauch von Sprache gewesen. Jetzt hatte ich sie verloren. Für mich lag darin Folgerichtigkeit. Viele Jahre hatte ich es nicht geschafft, den Irrweg, der durch Beruf, Familie, Besitz gekennzeichnet war, zu verlassen. Jetzt war die Korrektur, im wörtlichen Sinne, auf einen Schlag erfolgt: Die leichte Verfügbarkeit der Wörter gab es nicht mehr. Ich war gezwungen, die Sprache neu zu erwerben, einen Wortschatz aufzubauen, diesmal über das Bewusstsein. Die Worte sollten mir in ihrer ursprünglichen Bedeutung heranwachsen – als Instrumente zur Wahrheitsfindung, obschon oder gerade weil sie das eine und einzig Wirkliche nicht benennen können –»

Niemand hatte je so zu Tanja gesprochen. Zwar sagte sie sich, dass die Monologe gar nicht ihr galten. Sie kannte von anderen Patienten das Bedürfnis, sich mitzuteilen, über ihre Krankheit zu reden. Die Tatsache an sich war nicht das Außergewöhnliche. Tanja nahm die

Art gefangen, in der Sid seine beiden «Schläge» zu etwas Besonderem, Einzigartigem machte, zu Weichenstellungen in seiner Biografie. Sie wurden Teil einer Dichtung, die sein Leben war. Denn die «Schläge» hatte es nie gegeben, nicht als das, wofür Sid sie hielt. Die Ausfälle waren die ersten Symptome einer viel furchtbareren Krankheit gewesen ...

«Eine neue Dimension. Ja, so war es nach dem ersten Schlag gewesen. Als hätte ich zu allem, was mich umgibt, eine neuartige, noch nie gefühlte Distanz gefunden. Wie soll ich mich verständlich machen? Vielleicht so: Die Dinge brauchten mich nicht mehr. Sie besaßen nur noch Dasein, waren ohne erkennbaren, definierbaren Wert. Keine Empfindung verband sie mit mir, dem Betrachter. Jegliche Vorliebe, jegliches Interesse waren erloschen. Es gab keine Hierarchie der Beachtung mehr: Ich konnte mich einem Gegenstand, einem Bild, einem Buch, dem Ausblick aus meinem Fenster in die kahlen Weidenzweige zuwenden oder es bleiben lassen. Die Dinge waren bedeutungsgleich. Verstehen Sie mich recht, sie waren nicht gleichgültig, sie waren gleich gültig. Ein im Übrigen angenehmer Zustand! Ich fühlte mich erlöst von Urteilen, vom Zwang zur Unterscheidung. Ich war befreit. Ich musste die Dinge nicht mehr zu dem machen, was sie nach unseren Vorstellungen und unseren Werten sein sollten. Es gab sie einfach, wie es mich gab – und um diese Distanz war ich näher an der Wahrheit. Ihr sollte die wiedergefundene, bewusste Sprache dienen. Ich würde den Essay schreiben, den ich in meiner Studentenzeit begonnen und dann vergessen hatte, wie meinen Weg –.»

Tanja hatte schon damals – kurz vor der Operation oder war es unmittelbar danach gewesen? – einzelne Teile der Abhandlung zu lesen bekommen.

«Es sind seltsame Gedanken», hatte sie in einer Arbeitspause zu ihren Freundinnen gesagt. Sie saßen an ihrem Tisch in der Cafeteria.

«Alles verstehe ich allerdings auch nicht.»

Sie las die vergilbten Blätter abends und an freien Tagen.

«Der gesellschaftliche Zusammenbruch, wie er sich im ausgehenden 19. Jahrhundert vollzogen hat und durch den Ersten Weltkrieg zum Abschluss gelangt war, schuf eine ‹Masse› (siehe Ortega y Gasset), die sich in der Folge zu verdichten begann. Entsprechend sind in der Physik die Gesetze der nuklearen Massenverdichtung entdeckt worden: Danach führt eine allzu große Dichte zur unkontrollierten Kernreaktion, also zu Explosion und Vernichtung. Bei aller scheinbaren ‹Massen-Beherrschung› der faschistischen Regimes vermochten diese die ‹kritische Grenze› der Dichte nicht zu handhaben. Die Verdichtung durch Gleichschaltung und die daraus gewonnene (gesellschaftliche) Energie erreichte den Punkt, wo sie ‹unkontrolliert› zu verlaufen begann: Der Zweite Weltkrieg als Explosion allzu verdichteter Massen war die Folge. Er wurde mit den Atombomben über Hiroshima und Nagasaki, als den entsprechenden technischen Symbolen dafür, abgeschlossen. Die ‹friedliche Nutzung der Kernenergie› besagt, dass mit dem Ende des Zweiten Weltkrieges nicht auch die gesellschaftlichen Prozesse, die ihn bewirkten, zum Abschluss gekommen sind. Was in den Dreißigerjahren begann, wurde differenziert, verfeinert und zu einem schwer durchschaubaren System verwandelt. Die ‹friedliche

Nutzung der Kernenergie› bedeutet nämlich nichts anderes, als dass man auch im Gesellschaftlichen die kritische Grenze beherrschen kann: Unabhängig von den politischen Institutionen, ob demokratisch oder nicht, wird Masse weiterhin verdichtet. Die dabei frei werdende Energie verpufft jedoch nicht in Revolten, Unruhen und Kriegen, sie wird nutzbringend, d. h. für die bestehenden Verhältnisse brauchbar, verwendet.»

Die Beschäftigung mit den angelesenen Gedanken gab ihr das Gefühl, ihren Kolleginnen überlegen zu sein.

«‹Ein Auto zum Beispiel ist – wie andere technische Errungenschaften – ein Traum, der Blech geworden ist. Er drückt eine Veränderung in der Gesellschaft aus, die niemand mehr kennt»›, zitierte sie. «Sid schreibt vom gesellschaftlichen Einsturz am Ende des 19. Jahrhunderts, bei dem sich Ruheenergie in Bewegungsenergie umgewandelt hat. Das Auto beispielsweise ist ein technischer Ausdruck davon. Das gilt ebenso für persönliche Krisen, sagt er. Auch sie werden zu einer eigenen stofflichen Wirklichkeit, die schwer zu entschlüsseln ist.»

Tanja fühlte sich von Sid bestätigt und ernst genommen: Er ließ sie an seinen Gedanken, seinem Schicksal teilhaben. Zudem war sie von seiner Fähigkeit fasziniert, im Vertrauten das Ungewöhnliche zu entdecken. Sie fand diese Fähigkeit nicht nur in seinem Essay. Andere Patienten akzeptierten ihre Krankheit wie eine Schwarz-Weißaufnahme aus dem medizinischen Lehrbuch. Sid allein wandelte die erlittenen Anfälle zu etwas Eigenem um: Es waren Stunden- und Gongschläge, die Pforten öffneten …

«Eine neue Dimension, ja. Der Zweig meines Weidenbaumes, der vor dem Fenster des Wohnzimmers hing – du musst wissen, Tanja, er ist mein Lieblingsbaum –, die Bücherwand, eine Sendung im Fernsehen oder ein Text, den ich geschrieben hatte: kein Unterscheiden, das sie voneinander trennte. Um mich her emanzipierten sich alle Dinge in ein reines Sein. Eine Erlösung! Sie waren, wie sie waren: so! – Doch nachts war es furchtbar. Eine Müdigkeit quälte mich, eine unsägliche Müdigkeit, die mich dennoch nicht schlafen ließ. Ich wusste oft nicht, wie ich von einer Minute zur nächsten überleben sollte –.»

«Dann kam die zweite Korrektur. Vielleicht war auch sie nötig. Zwar hatte ich diese neue innere Ruhe gefunden, aber wirklich gelöst hatte ich mich noch nicht. Von der Redaktion war ich nur beurlaubt, von Selma, den Kindern, dem Haus konnte ich mich nicht trennen. Vielleicht brauchte es diesen zweiten Schlag, den kurzen, wiederholten Verlust meiner Sprache, um auch diesen Kreis zu sprengen. Jetzt bin ich so weit: Ich bin nackt . . .»

Tanja war dabei, als der Chefarzt Sid den neuesten Befund eröffnete. Man hatte nach dem ersten «Schlag» auf dem Computertomogramm einen winzigen Schatten übersehen. Jetzt, drei Monate später und nach einer erneuten Untersuchung, war das nicht mehr möglich. Allzu deutlich war sichtbar, was die beiden «Schläge» ausgelöst hatte: ein haselnussgroßer Tumor, situiert in der linken Hirnhemisphäre, konkret, aber schnell wachsend –.

«Es besteht die Aussicht, dass es sich um einen gutartigen Tumor handelt. Auch ist die Lage so, dass eine Operation gemacht werden kann. Wir sollten sie so bald wie möglich vornehmen. Ich will Ihnen das Risiko nicht verheimlichen, das ein neurochirurgischer Eingriff darstellt. Allerdings, er ist ihre einzige Chance.»

Sid saß im Bademantel auf der Bettkante, rauchte eine Zigarette und hörte sich die Ausführungen des Arztes an. Er hatte eben noch, als der Chefarzt mit seinem Stab hereingekommen war, gefragt, ob das nun die Meute sei. Er hatte über die verständnislosen Gesichter gegrinst und gesagt: «Nun, soviel ich weiß, nennt man die Assistenzärzte im Spitaljargon Unterhunde. Folglich müssen Sie der Oberhund sein und das Ganze die Meute.»

Später gestand er ihr, dass er Angst gehabt hatte, Angst vor der Wahrheit.

«Der Witz ist die Möglichkeit gewesen, ihnen die Macht zu nehmen, ihr Urteil abzuwenden und zu bannen.»

Er stellte Fragen nach der Größe des Tumors, nach seiner Lage, nach der Abgrenzung zum übrigen Gewebe. Tanja spürte, wie er sich bereits die Grundlage schuf, um den Befund in eine eigene Wirklichkeit umzugestalten.

Diese hieß, nach der ersten Verzweiflung und einer langen Nacht am Tisch: «Das Gewächs ist wie die Summe meiner Irrtümer, die körperlich geworden ist. Als hätte sich jede kleine Unredlichkeit und jede Selbstverleugnung in eine wuchernde Zelle verwandelt, die jetzt als Tumor herausgeschnitten wird.»

13

Als Tanja auf der Stiege stand und Sid am Fenster sitzen sah, erinnerte seine Haltung sie an die Zeit damals. Es waren nicht so sehr die Einzelheiten, die in ihr wach wurden, als eine Stimmung: die Atmosphäre ihrer ersten Annäherung. Etwas «Uraltes», Archaisches hatte Sid angehaftet, das jetzt in dem einen Blick und dem spöttischen Lächeln wieder zum Vorschein gekommen war.

Und er hatte das Wort «Renaissance» gesagt, genau wie damals.

Als die Meute ihn in die Enge getrieben hatte, um ihm das Urteil zu eröffnen, da hatte er zum Schluss wie nachsichtig über die Gesichter der Ärzte, die doch hauptsächlich sich selbst und ihr Wissen ernst nahmen, gelächelt.

«Glauben Sie nicht, Herr Doktor, dass es wie in der Weltgeschichte auch in der Biografie des einzelnen eine Wiedergeburt, eine Renaissance, geben kann?»

Damals hatte sie ihn bewundert, wie er das Verdikt des Arztes aufgenommen hatte. Jetzt fragte sie sich, ob er einfachste Tatsachen überhaupt wahrnahm. Würde er je begreifen, was gestern Nacht geschehen war? Besaß er die Fähigkeit dazu? In jener Nacht nach der Arztvisite hatte er sie angefleht: «Sag, dass es noch nicht alles gewesen ist! Das kann doch nicht schon alles gewesen sein . . .»

Etwas in ihm hatte um die Gefährlichkeit der Krankheit gewusst. Auch jetzt wusste er wahrscheinlich in einer verborgenen Schicht seines Wesens, was er wirklich getan hatte. Und genau wie in jener Nacht die Verzweiflung durchgebrochen war, würde irgendwann dieses Wissen an die Oberfläche drängen.

Das Wissen, getötet zu haben.

«Komm! Wir gehen zum Weiher hinunter, schwimmen», sagte sie.

Sid zeigte auf eine der Wände. In den Steinquadern waren kleine Höhlungen.

«Ein Taubenturm! Und das hier sind die Fluglöcher. Nichts von Wehrturm, Schießscharten und Ritterromantik.»

Er lächelte spöttisch.

«Ja, gehen wir schwimmen.»

Die aufgeschüttete Erde unterhalb des Hauses glich einer übergroßen Keramikscherbe, die in der Sonne trocknete, oben einen geraden, wulstigen Rand hatte und nach unten hin spitz zulief. Baggerspuren und Linien von Schaufelzähnen zeichneten ein verschlungenes Ornament. Links davon war eine enge, bewaldete Schlucht, Abfluss einer Quelle vielleicht, die auch den Weiher speiste.

Sie versuchten, quer über die Schüttung die rechte Seite zu erreichen, wo der Abstieg leichter zu werden versprach. Tanja rutschte ab und schlug sich den Ellbogen auf. Ein Blutstropfen quoll hervor, der auf ihrer staubigen Haut glänzte. Mit jedem Schritt wurde die Hitze drückender.

«Es wird einfacher werden, wenn wir die Macchia erreicht haben», tröstete Sid.

Doch auch dort gab es keinen Pfad und verdorrte Sträucher behinderten den Abstieg.

Sid hob einen Knüppel auf: die Hitze, der trockene Boden, die Nähe des Wassers – es musste hier von Schlangen nur so wimmeln. Er schlug mit dem Stock auf die Erde und ins Gebüsch. Je tiefer sie hinabstiegen, desto dichter wurde das Buschwerk. Sie zwängten sich zwischen den Zweigen hindurch, gerieten auf feuchten, weichen Boden. Das Zinnkraut stand brusthoch. Sid mähte es mit Stockhieben nieder, doch die glasharten Halme zerkratzten die Haut, hinterließen feine Schnitte, in denen der Schweiß brannte. Es roch nach Fäulnis. Sie waren in eine Wildnis geraten und obwohl die Pappeln des Erddammes nahe schienen, hatten sie den Weiher noch immer nicht erreicht.

Tanja ließ sich erschöpft fallen. Ihre Fußgelenke schmerzten, und sie rieb sich die Knöchel und die nackten Beine.

Sid stand ein paar Schritte tiefer, schweißnass und auf den Stock gestützt.

«So komm schon!», sagte er. «Ich will endlich an den verdammten Weiher.»

Wer war er? Wer war Sid Peters? Was wusste sie wirklich von ihm?

Sie zog sich an einem Busch hoch, machte zwei, drei Schritte ohne den Zweig loszulassen.

«Meine Beine sind ganz zerkratzt», sagte sie.

Doch Sid drosch bereits wieder auf das Zinnkraut ein. Sein Rücken spannte sich und der Stock fuhr aus dem Himmel in die grüne Reglosigkeit hinab: Hiebe verborgener Lust.

Plötzlich glaubte Tanja zu wissen, weshalb Sid nicht aufgab. Warum er unbedingt hinab zum Wasser gehen wollte. Dort unten wird man mich nie wieder finden!, dachte sie. Und für einen Augenblick sah sie den schweren Stock aus dem gleißenden Licht auf sich niedersausen: ein Schlag, dumpf wie der Aufprall eines Körpers auf Blech.

«Sid!», sagte sie leise. «Sid!»

Doch er hörte nicht. Er war weiter nach unten gestiegen, beschattete die Augen mit der Hand.

«Ich kann von hier aus ein Stück Strand zwischen dem Schilf sehen», rief er. «Wir müssen versuchen, auf die andere Seite der Schlucht zu gelangen.»

Sie hatte den Gedanken nicht denken wollen. Jetzt blitzte er in ihr auf, war plötzlich da, nachdem sie ihn Stunde um Stunde unterdrückt hatte. Er würde sich nie wieder rückgängig machen lassen. Er würde so wirklich werden wie die Hitze, der brennende Schweiß, der Geruch des sumpfigen Bodens.

Sid ist ein Mörder.

15

Tanja hielt sich noch immer an dem Zweig fest. Sie sah zu, wie sich Sid einen Weg durchs Schilf bahnte und im Gehölz verschwand. Zweige brachen, dann hörte sie Schläge und Flüche –.

Sid ist ein Mörder.

Hätte sie es nicht schon lange wissen müssen?

Die Operation hatte ihn verändert. Das «Uralte» an ihm war verschwunden. Er wirkte jung und unsicher. Die ruhige Haltung, die Selbstverständlichkeit, mit der er sich über die Anordnungen des Spitals hinweggesetzt hatte, seine Bewusstheit – Züge, die Tanja bewunderte –, waren wie weggewischt. Eine jungenhafte Hilflosigkeit kam zum Vorschein. Er war unentschlossen und leicht aus der Fassung zu bringen. Nun appellierte Sid ausgerechnet an ihr Mitleid, an ihre Mütterlichkeit wie andere Patienten auch. Von Korrektur oder gar einem

Neuanfang war nicht mehr die Rede. Es gab nur noch Versagen. Sein Leben sei verpfuscht, er sei vom Schicksal verworfen und verdammt, sich in wuchernde Zellen zu zersetzen. Er behauptete nun, Glück bestünde in der Bewahrung von Täuschungen und der einzige Lebenszweck sei Genuss. Man müsse jede Ablenkung naiv und kritiklos ergreifen. Auch konnte er plötzlich aus lächerlichsten Anlässen jemand ganz Unschuldigen mit seinem Zynismus demütigen. Tanja fürchtete diese zerstörerische Kraft, die plötzlich hervorbrach. So zärtlich er sein konnte, unvermittelt mischte sich Dämonie hinzu, als lauerte hinter seiner Liebe ein Chaos, feindlich und vernichtend wie schwerblütiger Hass. Damals hatte sie sich zum ersten Mal gefragt, wer er war.

Unstimmigkeiten begannen sie zu beunruhigen. Die Texte, die er vorgab, neu geschrieben zu haben, waren alt. Sie mussten aus der Zeit seines Studiums stammen. Sie waren lediglich frisch abgetippt. Ebenso wenig stimmte die Behauptung, er habe Selma aus Anstand geheiratet, weil sie ihm beigestanden habe, als er sich in Kaffeehäusern mit Schachspielen durchschlug – dabei spielte er kaum und nur mittelmäßig.

Gab es für ihn Wahrheit? Musste er sie vor sich und den anderen verbergen?

«Als ich zu einer Interviewserie mit Leuten der damaligen Administration in Washington war, hatte ich mit dem Direktor eines Regierungsinstituts zu tun, Griffin Burns, einem Mann um die fünfzig, in tadellosem Anzug, mit Clark-Gable-Schnurrbart und einem Büro aus Plastik und Chromstahl. Er zelebrierte sein Amerikanisch, als wäre es die Sprache Shakespeares, und hatte Umgangsformen, die Hollywood für diejenigen eines englischen Gentleman halten mag: angenehm

also, viel angenehmer als das britische Original. Er sagte, er wolle mich an einen Ort führen, dessen Atmosphäre einem anregenden Gespräch angemessen und förderlich sei (er drückte sich wirklich so umständlich aus, erwähnte noch, dass er im Cosmos Club – einem der vornehmsten Clubs – selbstverständlich Mitglied sei, und war sich seiner Eitelkeit nicht einen Augenblick bewusst). Wir wurden von einer Dienstlimousine um ein paar Blocks chauffiert und dann eine Auffahrt hinaufgeschaukelt, die geradewegs in ein vergangenes Jahrhundert führte. Vor einem Portal, das einem römischen Triumphbogen glich, stand ein schwarzer Diener, livriert und mit glänzenden Messingknöpfen am samtenen Veston, die wie Knaufe am Geländer eines Luxusdampfers aussahen. Wir betraten die Empfangshalle einer Villa, die ein Eisenbahnbaron noch zu Zeiten des großen Büffelschießens erbaut hatte ...»

Es war ihr aufgefallen, wie verächtlich Sid Leute ansah, wenn er sich unbeobachtet glaubte. Und doch erzählte er im Raucherzimmer des Spitals einem zweiundzwanzigjährigen Jungen, Paul, der sich aus Liebeskummer das halbe Hirn aus dem Kopf geschossen hatte und nicht mehr sprechen konnte, Geschichten wie die von Griffin Burns. Paul, der unter spastischen Krämpfen litt, wurde jedes Mal ruhig dabei: Sids Humor, seine Art, Geschichten zu erzählen, weckten Zuversicht, ließen ans Leben glauben, nicht nur Paul, auch sie selbst. Aber waren diese Geschichten wahr? Hatte Sid je einen Griffin Burns in Washington interviewt?

Tanja wusste es nicht.

Dagegen erfuhr sie von Dritten, dass er als Kriegsberichterstatter eine Reportage geschrieben hatte, die mit dem Journalistenpreis ausgezeichnet worden war. Als sie ihn darauf ansprach, hatte er gegrinst.

«Ach ja, wegen der paar zusammengestümperten Sätze, die weit davon entfernt sind, auch nur die Andeutung von Wirklichkeit wiederzugeben.»

Wirklichkeit? Für Sid schien sie aus den Wörtern zu bestehen, die er gerade gebrauchte, und Tanja glaubte ihm, weil die Geschichten im Augenblick des Erzählens wahr waren.

Sie hatte Sid geliebt, liebte ihn vielleicht noch. Jetzt aber hatte sie einen Gedanken gedacht, der stärker war als sie, stärker auch als ihre Liebe.

Sid ist ein Mörder.

Und sie dachte ihn wieder und wieder, während Sid die Böschung heraufkam, verdreckt und verschwitzt. Den Stock hielt er noch immer in der Hand. Blut rann aus einer Schürfwunde an seinem Arm.

So also sieht jemand aus, der getötet hat, dachte sie.

Noch hielt er sich für unschuldig. Etwas in ihm jedoch, davon war Tanja überzeugt, verstand ihren Blick, begann ihren Gedanken zu ahnen. Eines Tages würde er ihn erraten und sich klar werden, dass sie, Tanja, die einzige Zeugin war . . .

16

Sid erinnerte sich nicht genau, was es gewesen war. Doch während des Frühstücks auf der Terrasse des Restaurants hatte sich etwas ereignet, das ihn zwang, nach einer erneuten Bestätigung zu suchen.

Der Hund hatte an seiner Leine gezerrt und

geknurrt. Offenbar hatte er Witterung genommen. Das war für einen Jagdhund nichts Außergewöhnliches. Wahrscheinlich klebte Blut am Wagenboden.

Das war es nicht gewesen, was Sid beunruhigte. Eher schon Tanjas Angst – und dass der hergelaufene Köter ihn gezwungen hatte, Kaffee und Frühstück stehen zu lassen und zu fliehen, wo doch gar keine Flucht nötig war.

Vielleicht reichte eine einmalige Tat nicht aus? Vielleicht hatte sie ihn nicht gänzlich befreit?

Sid hatte in der Nacht mit dem Sprung hinter das Lenkrad, dem Drehen des Zündschlüssels und dem Schnellenlassen der Kupplung eine Tat vollbracht, die nicht Ausdruck seines Ichs, sondern der Wirklichkeit selbst war. Daher hatte es auch keine Bedenken oder Rücksichten geben können – und jeder moralische Vorbehalt, die Frage nach der Schuld etwa, kam einer Verkennung gleich. Moral bezog sich auf die Gesellschaft und ihre Konventionen. Was sich dagegen gestern ereignet hatte, war für ihn ein Akt der Poesie gewesen: der unmittelbare Ausdruck transzendenter Wirklichkeit.

Der zerquetschte Körper, der Arm, der sich wand und mit steiffingeriger Hand ins Leere fasste, hatten für Sid nichts Hässliches oder Erschreckendes. Sie besaßen die Tragik eines Gemäldes von Delacroix, in die Zeit der Autos und Campingstrände übersetzt.

Und doch war bei dem Restaurant etwas geschehen, das seine Tat abschwächte.

Jetzt, während er das Zinnkraut niedermähte und sich Schritt für Schritt der Schlucht näherte, glaubte er zu begreifen, was dort oben während des Frühstücks geschehen war.

Stets begann das Sachliche – etwa die Möglichkeit von Blutspuren am Wagenboden – das Wirkliche zu verdunkeln. Menschen mischten sich ein und mit ihnen kamen Vorstellungen von Gut und Böse hinzu, verlor sich die Unschuld und begann das Urteil. Dabei hatte nicht er die Tat vollbracht, sondern «es», durch ihn. Dennoch traf ihn eine Art Schuld. Er hatte nachgegeben, die Vorstellungen anderer zugelassen: Er hatte die Unbedingtheit des Willens, die für jede poetische Tat Voraussetzung ist, verraten. Er hatte als Antwort auf Tanjas Drängen nur mit den Schultern gezuckt.

War es das gewesen? Musste er deswegen erneut beweisen, dass er über diesen Willen verfügte, der stets sein Ziel erreicht und doch ohne Absicht ist?

Sid zwängte sich durchs Dickicht, glitt aus und rutschte in die Schlucht hinunter. Noch immer hielt er den Stock fest. Eine Brombeerranke hatte die Haut am Oberarm verschrammt. Es roch nach Fäulnis. Morastiges Wasser füllte die Rinne.

Und während er einen Augenblick lang ausruhte, erinnerte sich Sid, dass auch in der Wissenschaft ein Experiment nur als gelungen gilt, wenn es wiederholbar ist . . .

Die Tat muss wiederholbar sein. Ich muss sie wieder und wieder schaffen.

Er rappelte sich hoch.

Er würde den Weg zum Weiher finden! Er musste hinüber! Auf die andere Seite, zu dem sandigen Strandstück im Schilf!

Auf einem umgestürzten Baum, der quer über der Schlucht lag, arbeitete er sich vor, in der einen Hand den Stock, während er mit der anderen die Zweige von Büschen und jungen Bäumen, die in die Schlucht hineinragten, beiseite schob. Unter ihm war die faulige Brühe.

Hitze und Wildnis zu bezwingen, dachte Sid, müsste sich zur poetischen Tat verbinden. Zu einem Akt reinen Willens.

Die Müdigkeit fiel von ihm ab. Ruhig und sicher rutschte er auf dem Baumstamm bis zur ersten großen Gabelung vor. Er kletterte zu einem darüber liegenden, ebenfalls gestürzten Stamm hoch, balancierte bis zur Mitte der Schlucht. Unter sich konnte er zwischen dürrem Laub hindurch die mit Wasserpest bedeckten Lachen sehen. Ein Ast brach, der Stamm sackte gegen die Krone des tiefer liegenden Baumes ab. Sid behielt dank eines raschen Griffs das Gleichgewicht. Er schob sich unter einem Ast durch, zerkratzte sich dabei den Rücken. Dann richtete er sich auf, suchte ein wenig atemlos mit den Füßen Halt. Der Stamm war hier dünn und schwankte. Und die ineinander gestürzten Kronen bildeten ein Verhau aus dürren, abgestorbenen Zweigen, durch das Sid im Halbschatten des anderen Ufers gelb blühende Kerzen sah.

Dort hinüber musste er gelangen!

Doch das Gewirr der Zweige wurde dichter, er hatte kaum mehr festen Halt. Immer tiefer bog sich der Stamm unter seinem Gewicht.

Ich muss! Ich will!, dachte Sid im Rhythmus seines schneller werdenden Atems. Ich will! Ich muss!

Mit seinem Stock hieb er auf die brüchigen Zweige ein. Sie splitterten, und Sid schlug immer heftiger und ungezielter zu, je mehr er die Aussichtslosigkeit spürte. Voller Verzweiflung und Wut drosch er um sich, ließ nicht ab, obwohl der Stamm unter seinen Füßen bedrohlich schwankte, sein Atem kurz wurde und der

Schweiß ihm über das Gesicht rann. Er musste es schaffen! Er musste den Weiher erreichen!

«NEIN!» Es war wie ein Schrei.

Der Stock entglitt ihm, er sah, wie er zwischen den Ästen hindurchrutschte, ins faulige Wasser platschte und dann dalag, als hätte er nie woanders gelegen. Sid war wie damals, in jener Nacht, zumute, als er die Sprache verloren hatte, als müsste eine Faust in seinem Kopf zerplatzen.

Er kletterte zurück, kroch auf allen vieren den Hang wieder hinauf, und als er den Kopf über das Zinnkraut hob, sah er Tanja oben im Schatten eines Busches sitzen, die Arme auf die Knie gestützt.

Um sein Versagen zu verbergen, hob er einen Stock auf, einen morschen, zu nichts zu gebrauchenden Ast, und stieg zu ihr hoch.

Sie sah ihn prüfend an, mit einem Blick, als wüsste sie, was ihm dort unten geschehen war: Er besaß den bezwingenden, schöpferischen Willen nicht. Es war Zufall gewesen, in der Nacht.

Er konnte nicht wirklich handeln.

17

Tanja war froh, als sie den Platz vor dem Haus wieder erreichte. Der Plastikeimer und die Zementsäcke waren immerhin Zeichen menschlicher Nähe, auch wenn das Haus leer und verlassen stand.

«Gehen wir hinein», sagte Sid.

Sie stiegen durch das Fenster neben der Tür ein. Sid half ihr, und die Kühle des Hauses nahm sie auf. Es roch nach Kalk und Schimmel. An der Decke hingen die Fledermäuse. Sie durchquerten den Wohnraum. Ihre Schritte knirschten auf dem sandigen Boden.

In der Küche fanden sie eine Kiste mit Weinflaschen, deren Korken mit Bindfaden verschnürt und mit Wachs versiegelt waren. Hiesiger Wein!

«Wenn das Haus Einheimischen gehört, dann kommt frühestens zum Wochenende jemand her», sagte Sid. «Dann haben wir das Haus mindestens drei Tage lang für uns.»

Tanja sah ihn an. «Du willst hier bleiben?»

Sie hatte nach dem erfolglosen Vorstoß in die Wildnis nicht damit gerechnet.

«Selbstverständlich», sagte Sid. «Das ist doch genau, wonach wir gesucht haben.»

Ja, sie hatten nach einem Ort wie diesem gesucht, in der letzten Nacht und am Morgen. Nach einem Ort, an dem sie allein wären und unentdeckt blieben.

Sid hatte eine der Flaschen aus der Kiste genommen und hielt sie in der Hand.

Als er Tanjas Blick bemerkte, grinste er verlegen.

«Nicht jetzt», sagte er. «Heute Abend! Wir machen ein Kaminfeuer. Dann wird eine geköpft.»

«Geköpft?» Sie lief aus der Küche.

Von der Eingangshalle führte eine Treppe ins obere Stockwerk. An einem Gang lagen zwei nicht sehr große Zimmer, die frisch gestrichen waren. Sie wirkten beinahe freundlich, obwohl sie leer standen. Neue Fenster waren eingesetzt worden, unbehandelte, harzige Holzrahmen.

«Da, unser Schlafzimmer –», sagte Sid. «Du musst doch zugeben, das Haus ist der reinste Glücksfall.»

Aus dem Fenster blickten sie in die Zweige eines Nussbaums.

Tanja richtete eines der Zimmer her. Sie pumpte die Luftmatratze auf, während Sid ums Haus herum zur Scheune ging, um sich nach Brennholz umzusehen. Sie suchte eine Decke hervor und breitete sie auf dem nackten, rauen Betonboden aus, als Unterlage für die Luftmatratze. Sie entrollte die beiden Schlafsäcke, ohne sie zu öffnen, wie sie es sonst immer getan hatte, um sie als gemeinsame Decken zu verwenden.

Dann stieg sie die Treppe hinunter, ließ sich in einen Klubsessel beim Kamin fallen und wartete. Kein Laut war im Haus zu hören. Die Stille verlassener, leerer Räume. Nichts, niemand war da, nicht einmal sie selbst: So mussten die Dinge sein, wenn keiner sie ansieht.

Eine schleichende Kälte fiel sie von innen her an. Wie lange hatte sie so dagesessen? Tanja fühlte sich wie gelähmt. Sie brauchte ihre ganze Kraft, um den Kopf zu drehen, den Blick vom Kamin abzuwenden und über die Schulter durch die Tür hinaus auf den Vorplatz zu blicken.

In dem hellen Viereck bemerkte sie Sid. Er stand am Heck des Wagens, hob den Kopf, wandte das Gesicht dem Haus zu, als wollte er sich versichern, unbeobachtet zu sein. Dann begann er, das Heck zu untersuchen, kniete sich ins Gras nieder und spähte unter den Wagen. Er sah kurz noch einmal herüber, bevor er unter den Wagen kroch.

Nur die Beine und die Turnschuhe schauten noch hervor.

Als sie wieder zu ihm hinüberblickte, war Sid im Begriff unter dem Wagen hervorzukriechen. Er hielt etwas in der Hand. Was es war, konnte sie nicht erkennen. Er ging damit hinter den Wagen, entzog sich für einen Augenblick ihrer Sicht, und als er wieder zum Vorschein kam, wischte er sich die Hände an der Hose ab. Er sah sich kurz um, verschwand dann aus Tanjas Gesichtsfeld und stand plötzlich in der Haustür.

«Tanja?»

Er zögerte. Als keine Antwort kam, ging er durch die Eingangshalle zur Treppe.

«Tanja?»

Sie hörte seine Schritte. Er kam zurück und trat ins Zimmer.

«Ah, da bist du.»

Er blickte unwillkürlich über die Schulter zur Tür.

«Hör zu, ich denke, ich fahre kurz ins nächste Dorf. Du kannst es dir in der Zwischenzeit bequem machen. Ruh dich aus, ich werde nicht lange weg sein.»

«Was willst du denn im Dorf?»

Tanja fragte, obwohl sie zu wissen meinte, was Sid dort wollte. Er würde den Wagen waschen lassen, ihn vielleicht auch selber am Fluss reinigen. Bestimmt hatte er Blutspuren am Unterboden gefunden und wollte sie entfernen.

«Na was schon? Ein paar Einkäufe machen.»

«Du willst doch nicht etwa hier kochen?»

«Nein, natürlich nicht», sagte er hastig. «Ich bin ja gleich wieder da.»

«Ich komme mit», sagte sie.

«Wozu denn? Ich will wirklich nur ein paar Kerzen und Zeitungen holen. Außerdem muss ich noch tanken.»

Tanja glaubte ihm nicht.

Er hat meinen Gedanken dort unten in der Wildnis verstanden, dachte sie. Das ist es! Er ahnt, dass ich ihn durchschaue . . .

«Ich komme mit», sagte sie nochmals.

Sie hatte plötzlich das Gefühl, er würde nicht wiederkommen.

18

Sids erster Gedanke war Flucht gewesen. Er war verurteilt. Vielleicht sogar zu Krankheit und erneuter Sprachlosigkeit.

Er hatte an seine Tat geglaubt. Nun würde das wahr sein, was andere aus ihr machten. Seit seinem Scheitern am Weiher gehörte seine Tat nicht mehr ihm. Er hatte sie dort unten verloren.

Noch wusste niemand von seinem Versagen. Nicht einmal Tanja. Darin lag eine Chance. Er musste die Spuren beseitigen, das Heck und den Unterboden des Wagens untersuchen.

Er hatte Tanja oben im Zimmer vermutet. Bestimmt hatte sie sich hingelegt, sie war so erschöpft gewesen.

Doch als er sie vor dem Kamin im Klubsessel sitzen fand, verließ ihn seine Geistesgegenwart: Er blickte über die Schulter zurück zur Tür.

Er war sich sicher. Tanja musste ihn beobachtet haben. Wegfahren, ins nächste Dorf, für zwei, drei Stunden allein sein und zur Besinnung kommen. Er wollte eine Apotheke aufsuchen, ohne dass Tanja davon erfuhr, und sich die Medikamente beschaffen, die er vor der Operation gegen die epilepsieartigen Anfälle eingenommen hatte. Doch sie bestand darauf, mitzufahren, und obwohl sie seine Pläne durchkreuzte, gab er nach. Es war plötzlich gleichgültig.

In der Ortschaft kaufte er Zeitungen, alle, die erhältlich waren. Er überflog Schlagzeilen und Meldungen, trank einen Schluck Bier, sah flüchtig hinüber zu den Männern am Nebentisch, die den langen, langweiligen Nachmittag im Café verbrachten.

Ja, die Welt funktionierte anders. Es gab in ihr keinen absichtslosen Willen, keine einzelne, erlösende Tat. Sie bestand aus Abmachungen, Interessen, aus heimlich ausgehandelten Übereinkommen.

Er suchte auf den Seiten nach kleinen, vermischten Nachrichten, fand nichts über einen Unfall, der sich in der Nähe von Castiglione am Strand ereignet hatte. Nichts über den Liebespaarmörder oder über einen noch nicht identifizierten Toten, der nach ersten Vermutungen der Polizei gegen zwei Uhr morgens auf bisher unerklärliche Weise getötet worden war. Keine Vermutungen über einen Wagen, der Spuren des Unfalls zeigen musste; keine Zeugenaussagen von einem Camper, der zufällig aufgewacht war, sein Wohnmobil verlassen und dabei einen Wagen beobachtet hatte, der mit großer Geschwindigkeit zur Ausfahrt und dann in Richtung Castiglione gefahren war.

Nichts.

Später, auf dem Weg zu einer Trattoria, in der sie etwas essen wollten, warf er die Zeitungen weg.

Niemand kannte sein Versagen. Außer vielleicht Tanja. Noch schützte ihn das Geheimnis – und ihre Liebe. Solange sie bei ihm blieb, war er gerettet, konnten fremde Urteile nicht eindringen.

Sie hatten vor der Bar gesessen. Von drinnen hörte man das Klicken der Billardkugeln und die Stimmen der Spieler. Er hatte gelesen, Tanja hatte Eis gegessen.

Sie waren zufrieden gewesen. Gab es einen Grund, warum Tanja ihn verlassen sollte? War nicht alles in bester Ordnung?

19

Tanja häufte genüsslich Brombeereis auf den Löffel, schob ihn in den Mund, um ihn nach einer Weile zwischen den Lippen hervorgleiten zu lassen, sodass jedes Mal noch etwas von der dunkelvioletten, wässrigen Masse übrig blieb.

Am Nebentisch saßen Einheimische, Männer, die mit gespreizten Beinen fest in den Plastikstühlen saßen, rauchten und Kaffee tranken. Es war später Nachmittag. Sie unterhielten sich in der Art, wie es Leute tun, die sich schon am Tag zuvor getroffen haben und die sich aller Voraussicht nach auch am nächsten Tag wieder treffen werden.

Sid hatte auf der Herfahrt an zwei Tankstellen gehalten. Bei der ersten, einer einfachen Autowerkstätte, vor der unter einem Vordach zwei Zapfsäulen standen, warteten sie, bis sie das kleine Schild entdeckten: CHIUSO.

An der zweiten Tankstelle, nur ein paar hundert Meter weiter, ließ Sid auffüllen. Von Waschen war keine Rede. Tanja hatte auf die Zähluhr geschaut. Nach knapp dreißig Litern schnappte der Hahn zu und der Tankwart, ein mondgesichtiger Mann in blauem Overall, machte mit Mühe fünfunddreißig daraus. Sid fragte nach einer Einkaufsmöglichkeit und der Mann sagte, während er die Geldscheine zählte, mit gleichgültiger, aber lauter Stimme, sie müssten zur nächsten Ortschaft weiterfahren.

Tanja aß ihr Eis langsam und bedächtig. Die Empfindung des kalten Metalls und der Geschmack der dunklen Beeren ließen diesen Ort für sie erst wirklich werden, gaben den geschlossenen Läden an der sonnenbeschienenen Fassade des Hauses gegenüber einen Sinn, vertieften die Schatten in den Arkaden. Die Luft roch warm nach Teer, die Männer palaverten und ihre Stimmen klangen angeregt und fröhlich, als könnte nichts ihre Eintracht stören.

Doch dann war das letzte Restchen des schon flüssigen Eises hinuntergeschluckt. Der Geschmack des Löffels wurde metallisch und schal. Sid las Zeitung: Er hatte alle Blätter gekauft, die in dem Dorf aufzutreiben gewesen waren. Tanja achtete nicht darauf, wie er die kleinen Notizen durchsuchte. Sie blickte zu den Männern am Nebentisch, aber während es noch vor wenigen Augenblicken bloß eine Runde von Müßiggängern gewesen war, bemerkte sie jetzt, dass einer das Sagen hatte, dass ein zweiter sekundierte und die übrigen nickten. Eine Vespa schoss aus einer Gasse auf den Platz und hielt vor der Bar. Ein Mädchen, nur wenig jünger als Tanja, schwang sich vom Rücksitz und stöckelte auf hochhackigen Schuhen ins Innere. Der Junge, in einem offenen Hemd, warf mit einer raschen Kopfbewegung die Haare aus der Stirn. Er ließ den Motor aufheulen und grinste zu den Männern hinüber. Es war ein herausforderndes Lachen: glücklich und ein wenig stolz. Als das Mädchen aus der Bar zurückkam, zwei Eistüten in der Hand, belohnte sie die Blicke der Männer mit einem Schwenk ihrer Hüften. Sie schwang sich hinter dem Jungen auf den Sitz, stellte ihre Pumps aufs

Trittbrett, hielt die Hand mit den Eistüten hoch in die Luft. Einer der Männer rief dem Jungen etwas zu – und der lachte, während er schon Gas gab und das Mädchen sich an ihn schmiegte.

Ich möchte dieses Mädchen sein!, dachte Tanja. Auch ich habe ein Recht darauf, mich zu vergnügen.

Und wie der Schatten, der sich über den Platz schob, während sie dort saßen und Sid las, wuchs in Tanja das Grauen vor der Nacht, die sie in dem leeren, verlassenen Haus über der Wildnis verbringen würde.

20

Sid verstaute die Einkäufe in der improvisierten Küche. Tanja war draußen. Als sie hereinkam, zündete er die Kerzen an. Er schlug vor, noch ein Glas Wein zu trinken, aus einer der Flaschen mit den versiegelten Korken.

«Wir könnten im Kamin ein Feuer machen.»

Tanja mochte nicht. Sie gab vor, müde zu sein, und zu viel hatten sie in der letzten Nacht wirklich nicht geschlafen.

Er öffnete dennoch eine Flasche. Der Wein schmeckte säuerlich. Er erinnerte Sid an Oliven und an speckig abgegriffene Tischplatten.

In einem der Ledersessel vor dem Kamin trank er sein Glas aus, während oben im Zimmer die Dielen unter Tanjas Schritten knarrten. Für sich allein mochte er kein Feuer machen. Doch in dem kalten, nur von einer Kerze beleuchteten Raum herumzusitzen, hatte er auch keine Lust.

Er stieg die Treppe hoch, zog sich aus und schlüpfte zu Tanja, die sich in ihren Schlafsack eingekuschelt hatte. Er schmiegte sich an sie: Nachts kam die Angst vor der Krankheit. Er brauchte die Nähe, den Schutz.

Doch Tanja wandte sich ab. Sie sagte, sie sei müde.

Sid lag mit geschlossenen Augen da. Er konnte nicht einschlafen und war auch noch wach, als Tanja vorsichtig abrückte, ihren Schlafsack zwischen den Decken hervorzog und wie ein Schatten verschwand.

Hatte er es nicht geahnt? War da nicht immer die tief eingewurzelte Furcht gewesen, eines Tages würde sich Tanja erheben – wie eben jetzt – und weggehen?

Aus dem Verlassensein, das die unbewohnten Räume enger und erdrückender machte, sprang ihn die Gewissheit an: Der Traum von der Landschaft aus Asche, den ich während meiner Krankheit immer wieder geträumt habe, wird Wirklichkeit.

Der Traum ist das Sterben, dachte er, der Tod, das, was übrig bleibt, wenn Tanja fortgeht, das Leben mit sich nimmt, zurückkehrt in ihre Jugend. In die Welt der Illusionen und Täuschungen, in ein Dasein voll Zauber, in das kleine, gewöhnliche Leben. Im Alltag allein erneuert es sich und bleibt doch gleich und ist unfassbar wundervoll.

Er aber bliebe zurück, in einer Landschaft aus Asche, in der Ödnis ohne Wasser ...

Sid rappelte sich hoch.

Ich werde so schnell nicht aufgeben!

Er hatte auch gestern gekämpft: gegen den Mörder, der aus der Düne gekommen war ...

Er warf sich die Decke über die Schultern, steckte Streichhölzer und eine Kerze ein, stieg die Treppe hinunter, vorsichtig und ohne Lärm zu machen.

Lange stand er unschlüssig in der Tür. Was sollte er draußen? Begann dort der Traum? Lag jenseits der Schwelle bereits, was er so sehr fürchtete? Eine Macchia aus Schatten, über die ein kühler Wind herabglitt und wo sich das Wasser in der Tiefe sammelte: dort unten in der Wildnis, unerreichbar, metallisch schimmernd wie eine geworfene Münze?

Ja, es war so! Hier an der Schwelle begann der Traum: die Landschaft aus Asche, die mondhelle Ödnis ...

Und Sid lief los, rannte, stieß mit dem Fuß gegen einen Stein, stolperte und verlor die Decke. Mühsam gewann er das Gleichgewicht wieder, rannte in langen Sprüngen weiter. Zurück blieb die Decke im Gras, lang gestreckt wie ein im Fliehen getroffenes Tier.

21

Nach zwei Stunden, in denen sie auf die Geräusche des Hauses und auf Sids Atemzüge gehorcht hatte, nahm sie den Schlafsack und schlich aus dem Zimmer. Den schulterbreiten Durchgang am Treppenabsatz hatte sie am Nachmittag entdeckt: Durch ihn gelangte sie in einen Saal. Die Atmosphäre vergangenen Reichtums erfüllte ihn. Hier musste es einst eine Tafel gegeben haben, gedeckt mit Leinentüchern. *Im Kamin brennt ein Feuer. Zwischen Gläsern und irdenem Geschirr liegen Ginsterzweige, Musik spielt, in Festtagsgewändern sitzen lärmend die Verwandten der Brautleute, gerötete, satte, lachende Gesichter: Die Braut tanzt, tanzt in ihrem weißen Kleid allein, begleitet vom Geiger, einem hageren, schwarz gekleideten Kerl, der wie der Teufel spielt und dazu lacht ...*

Jetzt warf der Mond ein Muster von Rhomboiden auf den Boden. Nichts regte sich. In der Ferne heulte ein Hund.

Tanja breitete auf dem morschen Bretterboden den Schlafsack aus, kroch hinein und drehte sich zur Wand. Das Heulen erinnerte sie an das Haus am Hang gegenüber, an die Stimmen und den schattigen Innenhof.

War das erst heute Morgen gewesen?

Ob Sid schlief?

Sie hatte sich plötzlich geängstigt. Die Ahnung, er würde auch sie eines Tages töten müssen, ließ sie fliehen. Wieder hatte sie hinter seiner Zärtlichkeit das Chaos gespürt, den Hass. Sie würde nie wieder mit ihm schlafen können. Und doch liebte sie ihn, liebte den alten Sid, der ihr drüben im Turm das Gesicht zugewandt und «Renaissance» gesagt hatte – nur dieses Wort.

Wiedergeburt. Für ihre Liebe würde es sie nicht geben.

Nachdem sie am Nachmittag aus dem Ort zurückgekehrt waren, hatte sie gewartet, bis sich Sid im Haus zu schaffen machte. Sie ging zu der Stelle, wo der Wagen vorher gestanden hatte. Das Versteck konnte nicht weit davon entfernt sein. Obwohl es zu dämmern begann, fand sie es leicht. Sid hatte sich keine große Mühe gegeben. Unter einem flachen Stein lag ein Fetzen Tuch. Er musste am Unterboden des Wagens, an einer Schraube vielleicht, hängen geblieben sein. Nicht größer als ihre Hand, gestreift, mit einem eingetrockneten, fast schwarzen Fleck. Ein Stück Hemd, ausgerissen, als der Wagen den Unbekannten überfuhr.

Tanja hatte kaum etwas so Einfaches erwartet. Und

doch erfüllte sie das Stückchen Stoff mit Schrecken: Es war ein Beweis. Das erste unscheinbare Glied in einer Kette, an deren Ende Sids Verurteilung stünde.

Das musste auch er gespürt haben. Denn er hatte einen Stein darauf gelegt, rund und flach, den bannenden Stein aus magischer Vorzeit.

Jetzt, als sie wach lag und zu den Fenstern des Saales hinübersah, fand sie seine Handlung rührend. Sie war kindlich und uralt zugleich und verriet seine ganze Hilflosigkeit.

Tanja setzte sich auf und schlüpfte aus dem Schlafsack. Ihr war heiß. Die Dielen knarrten, als sie zu einem der Fenster huschte. Eine Weile stand sie reglos da. Sie hatte den Stofffetzen wieder unter den Stein gelegt. Doch er würde sich nicht bannen lassen. Immer wieder sah sie ihn vor sich, sah das Muster, die blauen Streifen mit dem feinen Goldfaden. Und sie glaubte sich jeden Augenblick zu erinnern.

Nur wer mochte es sein?

Die Aufschüttung glich einer Wunde. In der Tiefe lag der Weiher. Dort, im brusthohen Zinnkraut, hatte sie es sich zum ersten Mal eingestanden: Sid ist ein Mörder.

Und sein zerstörerischer Zug hatte ihr als Motiv für die Tat der vergangenen Nacht ganz selbstverständlich genügt.

Selbst wenn das stimmte, hätte es nicht dennoch eines konkreten Anlasses bedurft? Oder war es möglich, dass Gewalttätigkeit grundlos durchbrach und ein Mensch getötet wurde, nur weil er gerade da war?

Sie hatte geschlafen. Sie war erst hoch geschreckt, als der Motor aufheulte und der Stoß am Heck erfolgte.

Ein Unfall, wie Sid gesagt hatte, konnte es nicht gewesen sein. Er musste mit einer bestimmten Absicht gehandelt haben, und das schloss die einfache Gewalttat aus.

Was war mit dem Mann gewesen?

Sid besaß eine undurchschaubare Seite. Sie gab ihm jene Originalität, die sie an ihm geliebt hatte und noch immer liebte – der «uralte» Sid, der die Kraft besaß, den Alltag zu verwandeln, trotz seiner Krankheit.

Mord? Nein, Sid war ein zu bewusster Mensch. Sie hatte voreilig Schlüsse gezogen. Etwas musste, während sie bereits geschlafen hatte, geschehen sein. Etwas, das er ihr verschwieg. Hatte Sid mit dem Fremden gesprochen, war er von ihm bedroht worden?

Tanja sah hinaus in die Nacht. Der Stofffetzen, woran erinnerte er sie?

Sid hatte den Mann gekannt. Ja, so musste es sein.

Und plötzlich hatte sie das Gefühl, der Fremde stünde wie ein riesiger Schatten hinter ihr. Im nächsten Augenblick würde er sie an den Schultern packen und herumreißen.

Nein, sie wollte sein Gesicht nicht sehen, die starren, gebrochenen Augen ...

Tanja holte ihren Schlafsack, schob sich durch die Lücke und hastete zurück zum Schlafzimmer. Nur nicht mehr allein sein! Zudem hatte sie Sid Unrecht getan.

Hilf mir vergessen!, wollte sie sagen. Ich brauche dich ...

In der Tür blieb sie wie angewurzelt stehen.

Er war verschwunden.

Sid verharrte, bis sein Atem sich beruhigt hatte. Dann zog er die Streichhölzer hervor und zündete die Kerze an. Ein rötlicher Schein fiel auf die Mauern und beleuchtete die Stiege, die steil nach oben führte.

Hier im Taubenturm war er sicher.

Behutsam stieg er die Stufenleitern zum obersten Boden hinauf. Dort stellte er die Kerze in eine der Nisthöhlen. Die Flamme flackerte; durch die Mauerlücken sah er den Himmel.

Sid hockte sich auf den Sims. Er hatte den Traum unter sich gelassen, die Macchia aus Schatten!

Wie eine Sperre stand die dunkle Masse des Hauses vor der Aufschüttung. Dahinter verborgen lag in der Tiefe die Wildnis – kaum noch wirklich, und was sich dort unten ereignet hatte, beinahe nicht mehr wahr.

Tanja war geflohen, hatte sich zurückgezogen und ihn im Stich gelassen. Vielleicht stand auch sie an einem Fenster und starrte in den tödlichen Traum, in den sie ihn getrieben hatte. Sie hatte ihm das Leben vorenthalten, hatte es mit sich ins Innere der zerfallenden Räume genommen.

Sie würde dort nicht bleiben können. Irgendwann würde sie zurückkommen, zum Schlafzimmer gehen, das sie barfüßig und lautlos wie ein Schatten verlassen hatte. Doch er würde nicht mehr da sein. Das erwartete sie nicht, damit bestrafte er sie. Sie wäre schuldig dafür, dass ihr sein Leben gehörte und sie es ihm hatte nehmen wollen. So würde er sie an sich binden, denn er war im Turm und gerettet. Sie konnte nicht wissen, dass er es geschafft hatte, sich über den Tod zu erheben.

Sid wandte den Blick vom Haus ab, ließ ihn über den

Vorplatz gleiten, verweilte kurz bei der Stelle, wo er das Tuch versteckt hatte, dann sah er zum Wagen.

Er zuckte zusammen. Was war das: Wirklichkeit, Einbildung, ein Wahn seines Gehirns?

Nein. Er sah, was unmöglich war: Am Heck stand ein Mann. Er war nicht sehr groß, wohl auch nicht jung, und er trug auf dem Kopf einen Hut. Er stand einfach da, ruhig und unbeweglich: sah zu dem Haus hinüber, wo nichts sich regte ...

Sid schloss die Augen.

Wieder heulte der Sturm, bogen sich die Büsche und Zweige, lag die Düne unter den Wolkenschichten, die sich gegen die windschiefen Kronen der Pinien schoben. Wieder rann Wasser über die Scheiben, war es heiß und stickig, roch es nach dem Gummi der Luftmatratze ... Und da, durch die beschlagene Heckscheibe sah er den Fremden, den er hasste, weil er ihm Tanja wegnehmen wollte: jener Mann, der aus der Ödnis seines Traumes kam, um sich mit ihm zu vertauschen. Jetzt riss er die Arme hoch, wie zur Abwehr, machte ein erschrecktes, hilfloses Gesicht ...

Ich werde den Kampf gewinnen, weil ich will, will, will!

Und wieder hielt Sid das Steuerrad, trat das Gaspedal durch, spürte den Stoß: Der Wagen schaukelte und schlug in den ausgefahrenen Rinnen des Weges, das Scheinwerferlicht stach zwischen die blutroten Stämme, und Sid wandte den Kopf ... Im Kerzenlicht stand Tanja auf der Stufenleiter und hielt sich mit beiden Händen am obersten Tritt fest. Schultern und Gesicht ragten aus der dunklen Öffnung.

«Es war Notwehr», sagte Sid, «verstehst du? Der Mann hätte uns getötet, wie seine anderen Opfer auch.»

Er erhob sich steifbeinig.

«Wir hätten keine Chance gehabt. Er schießt durch die Heckscheibe – immer durch die Heckscheibe – und tötet dann seine Opfer, falls sie nicht schon getroffen sind. Er sticht in die Körper, amputiert die Brust und die Scham der Frau.»

Er holte die Kerze, hielt sie in der Hand.

«Sid!»

«Ich hatte ihn beobachtet. Er zog die Beretta, hob die Arme. Es war die einzige Möglichkeit, mich zu retten, ihn endlich für immer zu vernichten, das Monster, verstehst du, das seit siebzehn Jahren sein Unwesen treibt, der Liebespaarmörder von Florenz. Und ich habe es geschafft, habe es geschafft aus Notwehr, um zu überleben . . .»

«Sid! Sid!»

Er spähte durch die Mauerlücke hinaus und verspürte Genugtuung. Der Mann, der unten beim Wagen gestanden hatte, der hagere Mann mit dem Hut auf dem Kopf, hinkte davon, als hätte er einen Stoß erhalten.

23

Die Luft war stickig. Es roch nach Farbe und dem Gummi der Luftmatratze. Die Sonne schien auf die frisch gestrichene Wand, warf Schatten von Blättern darauf und helle leuchtende Punkte.

Wieder Stille.

Tanja lag wie gelähmt, ohne Sid anzusehen.

Kein Zweifel, die Haustür war geöffnet und dann

zugeschlagen worden. Irgendwer musste jetzt da unten in der Eingangshalle stehen.

«Komm!», flüsterte Sid. Sie zogen sich hastig an. Dann schlichen sie über den Gang zur Treppe.

Unten stand im Zwielicht ein Mann. Der Strohhut verdeckte sein Gesicht.

Langsam stiegen sie Stufe um Stufe hinunter.

«Buongiorno!»

Der Mann stellte sich taub. Eine Gestalt wie aus Rebholz. Unter dem Hutrand sah ein stoppelbärtiges Kinn hervor. Das Hemd war ohne Kragen, die Hose hatte ausgebeulte Knie.

Sehr langsam bewegte sich der Hutrand nach oben: Dunkle Augen blickten sie an.

«Turisti?»

Tanja war hinter Sid auf der Treppe stehen geblieben.

«Si, turisti», sagte Sid.

Eine Fledermaus spreizte die Flügel. Waren es wirklich mehr als gestern?

«Aus der Schweiz.» Als wäre das eine Erklärung für ihre Anwesenheit.

So viel war klar: Der Mann da vor ihnen war nicht der Besitzer. Ein Bauer aus der Umgebung vielleicht, einer, der sich bloß einmischte. Dennoch fühlte sich Tanja ertappt. Sie waren durchs Fenster eingedrungen, hatten die Tür von innen geöffnet. Beim Kamin im Nebenraum stand die angebrochene Flasche Wein vom Abend, daneben lag Holz, das Sid aus der Scheune geholt hatte ...

Tanja starrte auf den Hals, an dem der Adamsapfel auf und ab hüpfte, bevor der Mann zu sprechen begann.

Sie wusste plötzlich, was er sagen würde. Die Worte, die sie seit der vorletzten Nacht verfolgten, die an Zäunen und Gattern gestanden hatten, in starren oder ungelenken Schriftzügen: PROPRIETA PRIVATA.

Und während der Mann sie aussprach, blickte er Tanja kurz an und lächelte.

Sid rechtfertigte sich in holprigem Italienisch. Sie hätten hier einfach übernachtet, das Haus stehe ja leer, sei nicht mehr als eine Ruine . . .

Der Mann schüttelte nur den Kopf. Das Haus gehöre einer Familie unten im Tal. Der Sohn setze es instand, es sei Privatbesitz, sie könnten hier nicht wohnen.

«Sind Sie ein Verwandter des Besitzers?»

«Ein Nachbar.»

Tanja sah Sid an: Sie hatte kein anderes Haus gesehen.

Der Mann verstand ihren Blick.

«Das Haus liegt da drüben, dort wo der Weg zum Weiher hinuntergeht.»

Also hatte er sie bei ihrem Versuch, sich durch die Wildnis zu schlagen, beobachtet, wissend, dass sie es nicht schaffen würden.

«Selbstverständlich sind wir auch bereit zu zahlen», sagte Sid hastig. «Sie können das Geld dem Besitzer geben, eine Miete für drei, vier Tage. Länger wollten wir ohnehin nicht bleiben.»

«Ja, vielleicht. Ich werde Vittorios Sohn fragen.»

Der Mann schien einem Handel nicht abgeneigt, und Sid versuchte es mit einem Angebot.

«Ich kann Ihnen eine Anzahlung geben», sagte er, zog aus der Gesäßtasche ein Bündel Scheine und streckte es dem Alten über das Geländer der Treppe hin.

«Ich werde versuchen Vittorios Sohn anzurufen und ihn fragen, ob er einverstanden ist und wie viel er verlangt.»

Er nahm die Scheine, rieb sie zwischen Daumen und Zeigefinger. Dann sagte er: «Dafür habe ich keine Verwendung.» Und legte das Geld in die Ecke der untersten Stufe, als müsste es versteckt werden.

Er hinkte zur Tür, öffnete sie und blieb im Türrahmen stehen, eine dunkle Gestalt. Mühsam bückte er sich, hob etwas auf, das er dort offenbar abgelegt hatte. Dann trat er auf den Vorplatz hinaus. In der Morgensonne blitzte das Schneideblatt einer Sichel.

24

Sie rafften Decken und Schlafsäcke zusammen, drückten die Luft aus der Matratze, warfen die Taschen in den Wagen. Sid lief zum Taubenturm hinüber, während Tanja im großen Saal und unten in der Küche nachsah und die Lebensmittel zusammensuchte. Die Flasche ließen sie stehen.

Eine gute Viertelstunde später fuhren sie oben aus dem Krater heraus. Sie bogen in die Straße ein, über die sie am Vortag gekommen waren. Falls der Mann die Polizei gerufen hatte, käme sie vermutlich vom Tal herauf, aus dem Ort, wo sie im Café gesessen hatten.

Tanja war erleichtert, dem Haus über der Wildnis entronnen zu sein. Im Wagen fühlte sie sich geborgener, auch wenn sie das Unbehagen nicht loswurde, etwas dort unten vergessen zu haben.

Sie erreichten die Anhöhe und überholten eine Gruppe schwarz gekleideter Bäuerinnen, die vom Feld kamen. Tanja blickte zu den Frauen hin und eine heiße Woge durchlief sie. Die eine hielt eine Sichel.

Ja, Tanja wusste, was sie vergessen hatten!

Der Mann hatte unter der Krempe seines Strohhuts gelächelt. Er wohnte im Haus über dem Weiher und vielleicht hatte er nicht nur den Kampf in der Wildnis beobachtet, vielleicht hatte er auch gesehen, wie sie sich suchend hinter dem Wagen niedergebeugt hatte. Das war es, was sie vergessen hatten! Der Fetzen lag noch immer unter dem Stein. Es würde nicht schwer sein zu erraten, worum es sich bei dem dunklen Fleck handelte.

Tanja starrte durch die Windschutzscheibe auf die flimmernde Straße.

Der Tote folgte ihnen. Es gab keine Flucht!

25

Die Straße, die sie zwischen Zäunen und Steinmauern in den Ort hinauffuhren, endete nach einem weiten Bogen unterhalb einer Stützmauer, auf der die erste Reihe Häuser stand.

Sie parkten, und Tanja stieg aus. Über Olivenbäume hinweg sah sie in eine weite, dunstige Hügellandschaft, gelb von Stoppelfeldern. Ein Hahn krähte und in einem der Häuser schepperte ein Kessel.

Sie stiegen zum Dorf hinauf. In der Gasse roch es nach Wasser, das über das Pflaster gegossen worden war.

Sid und Tanja schlenderten zwischen den Häusern hindurch, blickten in Eingänge und dunkle Küchen. Ein Greis schlurfte auf einen Stock gestützt an der Mauer entlang und grüßte mit zahnlosem Mund. Sie wandten sich nach rechts, gingen durch einen Torbogen und folgten einem Durchgang, der sie direkt zur Kirche führte. Ein gedrungener Bau mit schlichter Fassade, je eine Heiligenstatue an beiden Seiten des Portals. Für die Rosette darüber hatte es nicht zu farbigem Glas gereicht.

Der mit Katzenkopfsteinen gepflasterte Platz fiel in drei Stufen vom Portal der Kirche zum Gemeindehaus mit einem Balkon und zwei Säulen hin ab.

Sid und Tanja setzten sich in den Schatten vor eine Bar. Durch die offene Tür drang ein Gemurmel von Stimmen. Da keine Bedienung kam, ging Sid hinein.

«Brioches gibt's hier nicht», sagte er, als er mit zwei Tassen Cappuccino zurückkam. «Aber sie machen uns Brote.»

Sie hatten die Stühle mit den Lehnen an die Mauer gestellt. Beim Portal der Kirche las ein Mann Zeitung, den Hut in den Nacken geschoben, eine Zigarette im Mundwinkel.

Eine rundliche Frau mit einer Schürze brachte die Brote, und sie bestellten zwei weitere Cappuccini. Der Platz lag verlassen da im aufsteigenden Licht. Nur einmal schob ein Bauer einen Handkarren vorüber. Danach wieder Ruhe. Allmählich rückten die Sonnenstrahlen auf dem Pflaster näher: Es ging gegen Mittag. Man hörte das Klappern von Töpfen. Der Mann beim Kirchenportal faltete seine Zeitung zusammen und kam herüber. Am Eingang zur Bar blieb er stehen.

«Brauchst du noch was?», rief er in den schattigen Raum, die Zeitung in der Hand. Und von weit hinten hörte man eine Frauenstimme. «Was ist?» Sie hatte wohl nicht verstanden. «Ob du noch was brauchst?», wiederholte er laut, während er auch schon eintrat.

«Lass uns bezahlen», sagte Sid. «Ich möchte weiterfahren.»

«Weiterfahren? Wohin?»

«Egal.»

Sie erschrak: Sid sah blass und gehetzt aus und starrte vor sich auf das Pflaster.

«Was ist los?», fragte sie besorgt.

«Nichts. Ich möchte weiter.»

Als sie den Gastraum betrat, um zur Toilette zu gehen, sah sie, was Sid verstört haben musste.

Auf dem Tisch bei der Tür lag die Zeitung, die der Mann in der Hand gehalten hatte. Ein Boulevardblatt. Und die Schlagzeile ließ sich nicht übersehen.

«LA BESTIA. DER LIEBESPAARMÖRDER VON FLORENZ SCHLÄGT ERNEUT ZU! GROSSFAHNDUNG!»

Tanja hatte kurz gezögert. Dann war sie weitergegangen, als wäre nichts geschehen, etwas verwundert über ihre eigene Ruhe und Beherrschtheit. In der Toilette stützte sie sich auf den Rand des Waschbeckens, ihre Knie zitterten.

Sie hatte geahnt, dass die Geschichte, die Sid ihr gestern Nacht im Taubenturm erzählt hatte, nicht stimmen konnte. Und doch hatte sie irgendwie daran geglaubt: wie an alle seine Geschichten. Im Augenblick des Erzählens waren sie wahr. Wahrer als alle Tatsachen.

Jetzt aber besaß sie die Gewissheit, dass Sid bewusst einen Menschen überfahren hatte. Einen Menschen, den er fälschlicherweise für den Liebespaarmörder gehalten hatte.

Tanja starrte in den Spiegel. Ihr war übel. Dieses graue, verwischte Gesicht gehörte ihr. War sie selbst!

Warum sie? Was hatte sie getan, dass sie an all dem Anteil hatte? Weshalb war gerade sie an das verbrauchte, verpfuschte Leben von Sid Peters gekettet, an sein Alter, die Krankheit, den Tod? Sie war jung. Sie stand noch am Anfang. Ihr Leben begann, und sie hatte ein Recht auf Unbeschwertheit. Ein Recht darauf, sich zu vergnügen, Eis zu kaufen und mit einer Vespa durch die Gassen zu rasen – Hoffnungen und Wünsche zu haben, egal, ob sie in Erfüllung gingen oder nicht. Sie wollte leben, weil das Dasein für sie noch neu und unbekannt war und ihr Glück versprochen hatte ...

Und noch immer sah sie in den Spiegel und das blasse Gesicht sagte: Ich bin auf dieser Seite, wo das Glas trüb und der Firnis abgesplittert ist. Ich bin Schwester Tanja, und Sid ist krank. Es ist der Tumor, er wächst wieder, er wächst und wuchert uns zu.

In ihr tauchte die Erinnerung an ein präpariertes menschliches Gehirn auf: labyrinthische Gänge, grau wie asphaltierte Straßen.

Tanja erbrach sich in die schmutzige, nach Urin stinkende Schüssel.

Sie musste Sid helfen. Jederzeit konnte ein Zusammenbruch, ein weiterer «Schlag» geschehen. Erste Ausfälle wie Sprachstörungen oder Lähmungen würden eintreten, vielleicht heute schon, vielleicht in ein paar Wochen. Sie durfte nicht weiter mit ihm in den Hügeln umherfahren, nur auf sich selbst gestellt, ohne Hilfe.

Als Tanja auf den Platz hinaustrat, wieder hinaus ins grelle Mittagslicht, wo Sid zusammengekauert auf dem Stuhl saß, sagte sie, um einen sorglosen Ton bemüht: «Wir sind in einer Stadt viel sicherer, wo es viele Touristen gibt. Unterwegs habe ich an einer Kreuzung ein Hinweisschild für Siena gesehen. Weit kann es bis dahin nicht sein.»

Sid sah sie überrascht an. Dann lächelte er. Es war ein eigenartig zwiespältiges Lächeln.

«Gut, gehen wir in die Schwesterstadt. Zur alten Rivalin von Florenz!»

26

Sid schaltete hinunter, gab Gas und zog den Wagen durch die Kurve, dass die Reifen kreischten. Der Fahrtwind dröhnte in den Ohren, ein dumpfer, abgehackter Rhythmus.

Wie lange wird er noch fahren können, dachte Tanja, während sie sich an den Haltegriff klammerte.

Sie hatte Angst.

Licht und Schatten flackerten, der Motor heulte, die Kühlerhaube glitzerte.

Sid würde sie umbringen, sie beide. Für ihn gab es keine Rückkehr mehr. Nach der Entdeckung da oben im Bergdorf musste er sich selbst ein Ende machen. Und das einfachste wäre wohl ein Unfall. Wieder ein Unfall, der keine Fragen offen ließ. Der die zerstörerische Absicht nicht verriet. Der Motor würde schweigen, die Schatten stillstehen und das Glitzern zu einem stechenden Blenden werden.

Tanja war es, als könne sie die tödliche Stille im Aufheulen des Motors hören – einem Aufheulen wie in der Nacht am Strand: ein dumpfer Stoß . . . und von ihrem zerquetschten Körper würde sich der Arm noch einmal hochrecken, in einer sinnlosen Geste. Irgendwann, irgendwo würde dann ein kleiner Fetzen Tuch als letztes Zeugnis ihrer Existenz unter einem Stein liegen. Unter einem flachen, handgroßen Stein . . .

Und Tanja, mit angestemmten Beinen in den Sitz

gepresst, erinnerte sich plötzlich an Castiglione: Sie sah die Gasse vor sich, am Fuß des Hügels. Sie saßen in einer Bar, es war später Nachmittag, und sie tranken Aperitifs. Bei ihnen saß ein Fremder, sie hatte ihn an den Tisch gebeten: ein Mann in Sids Alter, dunkelhaarig, mit einem hölzernen, intelligenten Gesicht, der Craven A rauchte. Er trug ein Hemd aus einem feinen, sehr teuren Stoff: dunkelblaue Streifen mit eingewobenem Goldfaden ...

Tanja sah dieses Hemd, sah es so nah, als hielte sie einen ausgerissenen Fetzen davon in der Hand. Einen Fetzen mit einem dunklen, verkrusteten Fleck.

Der Wagen schnitt in die Felder, zerteilte die Landschaft in flüchtige Bilder, die Tanja nicht mehr erreichten.

Ettore Zanussi?

Ja, so hieß der Mann.

Ettore Zanussi.

So hatte er geheißen.

Zweiter Teil

I

Siena. Vor der Porta Tufi endete die Höllenfahrt über schwarzen Asphalt.

Sid hatte im Schatten von Bäumen angehalten, unmittelbar hinter dem Eingang zum Sanatoriale Achille Sclavo.

Tanja lehnte sich erschöpft zurück.

«Meinst du, wir können den Wagen hier stehen lassen?»

Sid fühlte sich in bester Laune. Endlich waren sie in Siena – in einer Stadt, «wo *wir sicher* sind»: ein Paar, das Urlaub macht, sich liebt, vergnügt und die Zeit vertreibt, wie Hunderte anderer Paare auch.

«Ach was! Ich fahre doch lieber noch ein Stück in die Stadt hinein. Dann brauchen wir das Gepäck nicht so weit zu schleppen und haben den Wagen in der Nähe.»

Unter dem mit weißen Steinen eingefassten Torbogen hindurch fuhren sie die gerade Straße hoch, bis zu einem Platz mit Steinbänken unter Bäumen. Ein paar Kinder spielten.

«Da! Hotel Duomo!» Tanja zeigte auf ein Schild, das auf einen engen Durchgang in der Häuserzeile wies. Doch Sid bog links in eine Straße, die leicht hinabführte.

«Im Zentrum finden wir sowieso kein Zimmer und hier steht ein Hinweis: Palazzo Ravizza. Das klingt nicht so nach Touristenabsteige. Dieses Duomo kann ich mir förmlich vorstellen: Hinterhof, abgegriffene Türen und der Geruch von Tramperrucksäcken.»

Tanja ließ Sid im Wagen warten, während sie in der Pensione Palazzo Ravizza nach einem Zimmer fragte. Die Fassade war schmucklos, und Palazzo schien ihr eine reichlich hochgestochene Bezeichnung. Doch konnte sie durch das Entree eine Terrasse über Gärten sehen, was eine angenehme Atmosphäre versprach.

Tanja kam zurück, zuckte mit den Schultern, und Sid wusste noch von der Suche an der Küste, was das bedeutete.

COMPLETO.

Er fuhr weiter.

«Ich hoffe, es ist nicht wieder so wie in den letzten Tagen: Completo, Proprieta privata. E vietato ...»

Tanja machte eine verzweifelte Geste.

Beim nächsten Versuch nickte der Empfangschef nach längerem Prüfen der Liste.

Das Hotel lag am Ende einer geraden Straße in der Nähe der Porta Laterina, nicht gerade im Zentrum und auch ein wenig teuer, aber dafür bekamen sie ein Zimmer im zweiten Stock, ruhig, mit Blick auf einen Garten, in dem ein Feigenbaum wuchs.

Sie duschten. Tanja ließ die Rollos herunter, schlug die Bettdecke zurück. Sid war erschöpft. Das dämmrige Licht, die fernen Geräusche der Stadt erinnerten ihn an seine Kindheit, an den Garten in Lättwil. Es war, als könne er das Wasser auf den heißen Platten vor seinem Zimmer riechen, wenn der Gärtner die Rosen goss.

Als er erwachte, sah er Tanja im Badezimmer. Sie stand über das Waschbecken gebeugt und blickte in den Spiegel. Nichts weiter.

Unvermittelt wandte sie sich ab, schroff und mit unzufriedenem Gesicht. Sie zog sich an und als sie hereinkam und ihn wach liegend fand, erinnerte ihn ihre Haltung an die Zeit im Spital: So war sie immer in sein Zimmer getreten, noch ganz gefangen von der Geschäftigkeit in den Gängen und Zimmern ...

Es war später Nachmittag, als sie durch die Straßen und Gassen zum Dom spazierten. Tanja hätte es vorgezogen, weiter stadteinwärts zu gehen. Sie hatte keine Lust, sich Sehenswürdigkeiten anzusehen. Endlich gab es Menschen, Läden, Straßencafés ...

Doch Sid bestand darauf, ihr den Dom zu zeigen. Er hatte Siena schon als Kind bei einem Tagesausflug mit seinen Eltern besucht, später war er für eine knappe Woche mit Selma da gewesen: in ihrem ersten Urlaub nach Susannes Geburt. Er erinnerte sich an Häuser und Plätze, auch an eine Kaffeebar, in der sie Panforte zu Espresso gegessen hatten. Und da – ja, so war es auch damals gewesen – öffnete sich der Blick am Ende der Via del Capitano, leuchtete der Dom in den Farben Sienas: weißer Marmor, im Wechsel mit dem schwarzen Stein aus Prato.

Als junger Mann hatte ihn die mittelalterliche Stadt, erbaut auf drei Hügeln, deren Täler tief in die Stadt einschnitten, zu Notizen über die «Physiognomie einer Stadt» angeregt. Auch damals hatte er überwältigt am Fuß der Treppe vor dem Dom gestanden.

«In der Fassade ist der Übergang von einem Lebensgefühl in ein anderes Stein geworden: In den romanischen Bögen über den Portalen ist das Licht zu Schatten gedunkelt. Warme, tonige Farben. Die Farben eines mütterlichen Mythos. Darüber aber streben die Pfeiler herrschsüchtig in gotischer Zuspitzung hoch, wird das Licht gleißend und blendend und der Schatten zum Abgrund. Aus den erdfarbenen Schatten der Bogen ist Gold in spitzen Giebeln geworden.»

Während er sich an seine Notizen erinnerte und in erneuter Betrachtung versunken dastand, hatte sich Tanja zu einigen jungen Leuten auf die Treppe gesetzt.

Als er sie entdeckte, sah sie vor sich hin und zerbröselte ein Hölzchen.

«Das Innere wird dich bestimmt begeistern», sagte er.

Tanja stand mutlos auf. Dunkel, dachte sie.

Hatten ihn damals die Säulen nicht an den gestreiften Herrscherstab der Pharaonen erinnert? Dem steinernen Säulenwald, diesem Dämmer von Walfischbauch und raumgewordener Selbstüberschätzung, würde sich auch Tanja nicht entziehen können.

«Die Intarsien des Bodens sind einmalig. Wie marmorne Teppiche!»

Tanja war erleichtert, als der Türhüter nach einem Blick durch dicke Brillengläser sein überdrüssiges Mündchen abwandte und eine Handbewegung machte, als verscheuche er eine Fliege. Er wirkte weichlich und gehemmt, keine dreißig, in schwarzen Hosen und weißem Hemd. Ihm missfiel ihr T-Shirt, die freien Schultern und die zu weiten Armlöcher.

«Gehen wir eben ins Baptisterium. Wenn ich mich recht entsinne, gibt es dort irgendwas von Donatello zu sehen.»

Tanja blieb bei einem Stand mit Schmuck und Souvenirs stehen, und als er auf der Piazza Jacopo della Quercia versuchte, ihr die ursprünglich geplante Anlage des Domes zu erläutern, sagte sie unvermittelt, sie wolle sich nach einem Geschenk für ihre Mutter umsehen.

Sid zuckte mit den Schultern. Selma hätte sich einen Donatello nicht entgehen lassen. Und ein wenig wehmütig dachte er an ihre lederne Reisetasche, in der er stets zwei, drei Kunstführer hatte mitschleppen müssen.

Auf der Hauptstraße drängten sich die Menschen,

und Tanja fühlte sich dort wie erlöst. Es gab Geschäfte, sie blieb vor Auslagen stehen, und in einer Kaffeebar kaufte sie ein Eis.

Sie betraten eine Boutique, einen Laden mit Glas- und Töpferwaren. Doch die italienische Keramik gefiel ihr nicht. Sie fand sie zu reich ornamentiert, zu überladen. Eine Kristallvase, die sie gern gekauft hätte, war ihr zu teuer. Sie stellte sie enttäuscht in die Auslage zurück.

Sid versuchte sie zu versöhnen. Er schenkte ihr einen Armreif, schwarz wie Chinalack, mit goldenen Pflanzenornamenten. Sie hatte ihn lange in ihren kurzen, schlanken Fingern hin und her gedreht.

Jetzt betrachtete sie ihn an ihrem Handgelenk, abwägend, lächelnd – mit jenem selbstverliebten Blick, den Sid so sehr an ihr mochte.

Anschließend wollte Tanja Sandalen kaufen.

«Sandalen mit schmalen Lederriemen.»

Es war acht Uhr, als sie sich in eines der Lokale auf dem Campo zum Essen hinsetzten. Die Abendsonne lag auf der Fassade des Palazzo Pubblico, beim Brunnen spielte ein langhaariger Junge Gitarre, ununterbrochen schlenderten Spaziergänger vorüber, standen in Gruppen bei den steinernen Pfosten, die den mit Steinfliesen belegten Umgang gegen den rötlichen, muschelförmigen Platz hin begrenzten: Hier traf man sich, hierher gelangte man immer wieder. Und war der Platz nicht von einmaliger Schönheit, von einer faszinierenden Harmonie?

In ihre Stühle zurückgelehnt sahen Sid und Tanja dem Kommen und Gehen zu, blickten in die Gesichter, die auftauchten, verschwanden und manchmal wiederkehrten. Sid hatte Aperitifs bestellt, dann Antipasti.

Es war die Stunde, in der das Licht auf den Fassaden brüchig wurde, als löste sich der Schimmer wie alter Verputz, als dränge die Dunkelheit aus Steinen und Ritzen. Seit dem Mittag hatte Sid gehofft, durch die gemeinsame Schuld mit Tanja verbunden zu bleiben.

«Wir sind in einer Stadt viel sicherer.»

Hatte sie das nicht selbst gesagt?

Doch seit sie in Siena waren, begann dieses *Wir* blass und brüchig zu werden wie das Licht auf den Fassaden. Tanja empfand offenbar keine Begeisterung für die Stadt. Dabei hatte er sich so darauf gefreut, ihr die Sehenswürdigkeiten zu zeigen, die ihm so viel bedeuteten.

Sie bestellten Arrosto, dazu Salat und einen moussierenden Lambrusco. Als Beilage wurden Pommes frites serviert, die er nicht mochte. Das Essen war für Touristen zubereitet, doch Tanja aß mit Heißhunger.

Am Nebentisch saßen Franzosen. Das eine Paar hatte offenbar Probleme miteinander. Der Mann war schon ziemlich betrunken und betrachtete das Trinken, wie es schien, als sein Ferienprivileg.

«Si on ne travaille pas . . .»

Tanja war beim Mithören von Tischgesprächen noch nie diskret gewesen. Die Frau bemerkte, dass ihr Streit Aufmerksamkeit erregte, und auch dem befreundeten Ehepaar war die Szene peinlich.

«Ne te fâche pas, mon vieux, on s'arrange . . .», versuchte der Mann zu schlichten.

Ja, darauf lief es auf die eine oder andere Weise wohl immer hinaus, dachte Sid und wurde sich klar, dass er mit dem Einkaufsbummel, mit seinen Geschenken für Tanja auch nichts anderes getan hatte, als sich zu arrangieren.

Drüben an einem der Steinpfeiler standen Jugendliche, die Musik aus einem Kassettenrekorder hörten. Die Jungen spielten sich vor den Mädchen auf und diese lachten verschämt und geschmeichelt. Tanja sah zu ihnen hinüber. Jetzt mit ein paar Freunden, mit Emmi oder Maya, die Nacht auf dem Platz verbringen, dachte sie.

Sid bestellte Apfeltorte und Kaffee.

Die Jugendlichen mit ihrer Musik nervten ihn. Die Franzosen waren endlich gegangen. Doch Tanja sagte kaum ein Wort und wenn, so klang es gleichgültig. Sie verdrückte den Kuchen und man hätte meinen können, sie säße nur da, weil es ihre Pflicht wäre, ihn zu begleiten.

«Permesso?»

Sid hätte es voraussehen müssen und doch war er einen Augenblick lang verblüfft. Dann saß er da wie gelähmt. Der Schweiß rann ihm den Nacken hinunter. Er brachte kein Wort heraus und schob die Tasse und den Teller zur Seite.

Es war ein Typ wie der Mann in Castiglione, den Tanja an jenem Nachmittag an den Tisch gebeten hatte, Ettore Zanussi, nur eben jünger, wenige Jahre älter als sie selbst. Die gleichen aufgeworfenen, sinnlichen Lippen, das gleiche schmal geschnittene Gesicht, nicht ganz so intelligent wie das von Zanussi und ohne den leidenden Zug, dafür frisch und unverbraucht. Die Augen besaßen einen dunklen, feuchten Glanz und wenn er auch seine Männlichkeit betonte, so ging doch eine anziehende Weichheit von ihm aus, die Sid sehr wohl bemerkte. Und wieder saß er, Sid, wie damals in Castiglione, hilflos dabei, überflüssig oder sogar störend, während Tanja sich bestens unterhielt. Sie fühlte sich geschmeichelt und flirtete ziemlich ungeniert. Keine

Bedrückung, kein Überdruss mehr: Sie war wie ausgewechselt. Was Sid jedoch traf und zutiefst verletzte: Der Junge hielt ihn für Tanjas Vater, und sie tat nichts, um diesen Irrtum aufzuklären. Sie ließ ihn in dem Glauben, mit Vorsatz, wie es Sid schien, und das war mehr, als er ertragen konnte.

Er hatte geglaubt, er wäre ihrer durch die gemeinsame Schuld sicher, sie blieben für immer miteinander verbunden. Das hatte dieses *Wir*, das ihn glücklich gemacht hatte, doch bedeutet. Jetzt lief sie zu seinen Feinden über, sie verriet ihn, verriet ihre Gemeinsamkeit – das würde er ihr nicht verzeihen.

Es war kurz vor Mitternacht, als sie endlich aufbrachen. Sie schritten die Via di Città hinauf, die, von Gasleuchten erhellt, hügelan führte. Sids Verstimmung war einer dumpfen Niedergeschlagenheit gewichen. Tanja trottete neben ihm her, sie gab sich keine Mühe zu verbergen, dass sie gerne geblieben wäre.

An der Piazza Postierla kaufte er in einer Bar eine Flasche Mineralwasser.

Tanja wartete draußen. Es ist wie Atemholen gewesen, dachte sie, dieses Gefühl, noch jung zu sein.

Als er sie abgewandt im Dunkel der Gasse stehen sah, mit rundem Rücken und hängenden Schultern, war ein glassplittriger Hass in ihm, eine Lust zu verletzen. Obwohl er nicht hatte reden wollen, wurde der Zwang so stark, dass er das Schweigen brach, während sie weiter stadtauswärts gingen.

«Hör mal zu –!»

Doch Tanja machte eine heftige Bewegung, als hätte er sie an den Schultern gepackt.

«Lass mich!»

Und er spürte, wie das Pflaster einen Riss bekam,

einen Spalt, der längs der Gasse verlief, ausgefüllt mit einer Brühe, in die schräg die Wörter hinabglitten. All die Wörter, die er hatte sagen wollen. Nicht nur zu Tanja. Zu wem noch? Das wusste er nicht mehr. Begriffe, Namen, Zahlen rutschten weg, versanken in der Brühe. Als sie das Hotel erreichten, war auch die Zimmernummer versackt. Der Nachtportier sah ihn ein wenig erstaunt aus eulenhaften Augen an. Wahrscheinlich war für ihn der Riss nicht zu sehen, der Riss voll von brodelndem Schlamm, in den die Schlüsselnummer hinabgeglitten war.

Sollte er im Verzeichnis nachschlagen. War schließlich sein Job.

Und Tanja stieg die Treppe hoch, wartete nicht einmal auf ihn, schritt auf dieser scheußlich roten Kaskade eines Läufers langsam hoch, wie auf einer Treppe aus Feuer.

Als er durch den beleuchteten Flur hinter Tanja her zum Zimmer tappte, verengte sich der Riss, wurde zu einem schwärzlichen Rinnsal auf dem Teppich, das vor der Tür versickerte.

2

Er hätte Halt gebraucht, Zuwendung, die ihn beruhigte. Er war hart an einem Abgrund entlanggegangen – am Rande eines Kraters, durch Asche auf einer glutroten Kaskade.

Doch Tanja war unter die Decke geschlüpft und schien bereits zu schlafen. Er lag wach, geschüttelt von einer Verzweiflung, die ihm die Tränen in die Augen trieb. Angst benahm ihm den Atem, quoll in ihm hoch, wurzellos, ohne ein Bild oder eine Vorstellung zu erzeugen, war nur schwarze, peinigende Masse.

Er wusste nicht, wie lange er so gelegen hatte. Es gab keine Zeit, seine Pulsschläge waren wie ausgetrocknet. Er rappelte sich hoch. Im Dunkeln suchte er nach dem Buch, das er zu lesen begonnen hatte, wühlte in der Reisetasche, vorgebeugt und stoßweise atmend. Dann tastete er sich an der Wand entlang zum Badezimmer und schloss sich ein.

Er öffnete das Fenster. Über die Stadtmauer hinweg sah er die umliegenden Hügel. Verstreut brannten Lichter und schattenhaft standen Bäume auf den Feldern: Mit Genugtuung stellte Sid fest, dass die Ödnis in die Hügel, außerhalb der beleuchteten Stadtmauer, verbannt war.

Er drehte das Licht an, seine Augen schmerzten: Der Raum blieb fest, die Wände wankten nicht, es gab ein Waschbecken, darüber einen Spiegel. Sollte er hineinsehen, wie damals, in jener Nacht des ersten Anfalls? Er streifte den Ring, den ihm Tanja geschenkt hatte, vom Finger, legte ihn auf die Ablage, ließ Wasser über die Handgelenke rinnen: Es beruhigte die Nerven.

Sid setzte sich auf den Toilettendeckel. Er schlug das Buch an einer beliebigen Stelle auf, prüfte von Zeile zu Zeile, ob er die Wörter und ihren Sinn noch erkannte, ob sie ein Bild oder eine Erinnerung auslösten. Er lernte Sätze auswendig, indem er sie tonlos vor sich hin sprach, sah plötzlich, dass die Buchstaben und Wörter eine Art Landschaft waren, mit Abgründen darin. Abgründe, über die nur der Anschein einer Bedeutung hinwegrettete, wieder durch Wörter. Immer nur Wörter! Wörter, um sein Hirn zu beschwören, seine Funktionen zu erfüllen und über die Gesetze der Zellen und Säfte zu triumphieren.

Doch Tanja hatte ihn verraten, und sie würde ihn immer wieder, immer aufs Neue verraten. Was half es, wenn er den Tumor besiegte und Tanja verlor ...

Sie hatten den Tumor herausgeschnitten. Stimmte das nicht? Ja, es stimmte. Es gab ihn gar nicht – nicht mehr. Er musste jetzt auch Tanja aus sich herausschneiden. Sie verriet ihn, sie hatte seine Tat zu einem Versagen gemacht, zu einem Verbrechen, von dem nur sie allein wusste. Er musste sie töten, entfernen wie den Tumor, um zu überleben – sie herausreißen.

Sie hielt ihn für einen Mörder, und er würde für sie ein Mörder sein. Sie wollte es so.

Sid schloss das Buch, legte es vorsichtig auf den Plastikeimer. Er löschte das Licht. Im Fenster stand aschfarbene Morgendämmerung. Sid lauschte. Nichts regte sich, kein Laut war zu hören. Mit der Schulter drückte er gegen die Tür, bewegte vorsichtig den Schlüssel. Das Schloss knackte doch. Er wartete, hielt den Atem an. Nein, nichts.

Ein Triumphgefühl schoss in ihm hoch: Jetzt, im nächsten Augenblick würde die Tat geschehen, das Ende allen Versagens. Erst jetzt wäre es so weit. Er hatte es nur noch nicht erkannt, gestern, vorgestern, während der ganzen Zeit. Das Jüngste Gericht begann – und er brachte das Opfer: jetzt, indem er die Schwelle überschritt.

Vorsichtig und geräuschlos öffnete er die Tür, warme, verbrauchte Luft schlug ihm entgegen. Das Zimmer war dunkel, nur vom Badezimmer fiel Dämmerlicht auf das Laken. Dorthin, wo Tanja liegen musste.

3

Tanie! Tanie –!

Sie hörte deutlich ihren Namen. So hatte ihre Mutter sie zum Essen gerufen, wenn sie im Garten oder auf der Straße mit den anderen Kindern spielte: Tanie!

Sie fuhr hoch. Blickte um sich. Wo war sie? Kein Laut. Durch die geschlossenen Rollos drang kaum Licht. Die Luft war stickig. Sie hatte geschwitzt, das Laken fühlte sich feucht an.

Dann hörte sie ein Klirren im Bad. Als wäre ein metallener Gegenstand ins Waschbecken gefallen. Sie griff neben sich, gleichzeitig entdeckte sie den Lichtschein unter der Tür. Tanja war hellwach. Eine plötzlich in ihr aufsteigende Kälte machte sie ruhig und nüchtern. Ihre Mutter hatte sie im Traum gerufen. Sie wollte sie warnen. Tanja wusste, wovor.

Sie konnte sich selbst zusehen, wie sie das T-Shirt überstreifte, in ihre Jeans und die neuen Sandalen schlüpfte, alles, was herumlag, in ihre violette Reisetasche stopfte.

Sid begann zu verstehen: Er hatte gemordet, und es musste ihm dort hinter der Tür klar geworden sein, dass sie die einzige Zeugin war. Was sie in der Wildnis geahnt und auf der Fahrt hierher unbewusst gespürt hatte, wurde jetzt Wirklichkeit: Er wollte sie töten.

Tanja prüfte, ob sie genügend Geld und den Pass eingesteckt hatte.

Doch dann zögerte sie, stellte die Tasche wieder hin und setzte sich auf die Bettkante.

Sollte sie gehen? War es richtig? Machte sie nicht alles nur schlimmer?

Nichts regte sich. Kein Laut drang aus dem Badezimmer. Nur ihr Atem und das Sausen des Blutes dröhnten in ihren Ohren.

Sie schritt zur Zimmertür und da, kaum hatte sie die Klinke gedrückt und die Tür geöffnet, fiel die Kälte von ihr ab, packte sie Panik, begann sie zu laufen. Sie rannte den Flur hinunter, hetzte die Treppe in Sprüngen hinab. Sie schüttelte den Nachtportier, der in einem Sessel geschlafen hatte und sie aus verschwitztem, bleichem Gesicht ansah.

«Öffnen Sie, öffnen Sie, bitte!»

Er tat es, verwirrt und ohne Fragen zu stellen. Seine Lippen bewegten sich erst, als er Tanja mit trübem Blick durch die Glastür nachblickte.

Sie rannte die Straße hinauf, getrieben von dem Gefühl, beobachtet und verfolgt zu werden. Das Atmen schmerzte, der Tragriemen der Tasche schnitt ihr in die Schulter, eine Sandale riss, doch Tanja lief, rannte, sah sich kurz mit ängstlichen Blicken um. Als käme die Bedrohung immer genau von da, wo sie gerade nicht hinsah . . .

An einer Straßenmündung blieb sie keuchend stehen. Ihr war übel. Sie kauerte sich hin, um Atem zu schöpfen. Vom Hotel aus konnte sie hier nicht mehr gesehen werden. Doch die Vorstellung, Sid könnte unvermittelt auftauchen, trieb sie weiter.

Stand er nicht dort an der Ecke, wartend, sie beobachtend?

Tanja lief quer durch die Stadt. Die Gassen waren leer, die Rollläden der Geschäfte geschlossen. Die Gaslampen warfen ein kaltes, grünliches Licht aufs Pflaster.

Sie erreichte die Anlage La Lizza auf der gegenüberliegenden Seite der Altstadt, blickte auf den offenen, weiten Platz, auf dem das Standbild Garibaldis die Neuzeit verkündete.

Hier endete das Labyrinth. Grau zog die Dämmerung über den Baumkronen auf, ein Vogel sang, während die Lampen in den Straßen noch immer brannten.

Tanja durchquerte die Anlage, der Kies knirschte unter ihren dünnen Sohlen. Vor einer Tropfsteingrotte setzte sie sich auf eine halbrunde Steinbank. Wasser plätscherte in ein ovales Becken. Enten zogen ihren Kopf unter dem Flügelgefieder hervor, blickten erschreckt und verwirrt.

Tanja legte sich hin und schob die Tasche unter den Kopf. Hier würde Sid sie nicht finden.

Das Plätschern beruhigte sie. Der Himmel wurde hell, unaufhaltsam drängte der Morgen das Dunkel in die Laubkronen der Bäume. Sie hörte auf den Gesang einer Amsel, und leise schnatterten die Enten. Als Tanja erwachte, waren die Vogelstimmen verstummt, es war hell, und von der Straße her dröhnte der Verkehr.

Sie setzte sich auf, streckte sich, rieb sich das Kreuz. Sie nahm ihre Tasche und hängte sie sich über die Schulter. Die Enten schwammen friedlich auf dem kleinen Teich.

Bestimmt wusste Sid längst, dass sie weggegangen war. Wie er wohl reagiert hatte?

Einen Augenblick stand sie unschlüssig da, dann schlenderte sie zur Festung am Ende der Anlage, betrat durch das Eingangstor den geräumigen, rechteckigen Kiesplatz im Innern, der ummauert von Schanzen kahl und öde dalag wie ein Drillplatz. An den Längsseiten waren Auffahrten, und Tanja stieg hinauf auf den Wall, wo die Wege zwischen Rasenstücken unter Maulbeerbäumen entlangführten.

Wie eine Pfeilspitze zeigte eine der Schanzen hinüber zur Stadt: Dort schwamm im Frühlicht der Dom wie eine steinerne Arche mit Kuppel und Turm, weiß und dunkel gestreift, hochgehoben von einer Woge aus Dächern.

Tanja setzte sich auf die Mauer. Lärm drang herauf. Sie sah über die Senke der Fontebranda, die sie von Sid trennte, von dem Hotelzimmer, wo sie noch vor wenigen Stunden in verschwitzten Laken gelegen hatte.

Tanie! Tanie!

Ja, es war wohl das klügste, den nächsten Zug nach Florenz zu nehmen. Spätestens morgen früh konnte sie in Zürich sein, in Sicherheit vor Sid.

Garibaldi sah ungerührt auf die Reihe der Reiseomnibusse und das Heer der Touristen, das marodierend stadteinwärts zog.

Tanja ließ sich mitziehen. Plötzlich blieb sie stehen. Sie war wieder im Labyrinth, der weite, offene Platz hatte sich geschlossen, und die Menge strömte dem Campo zu. Sie sah sich um. An einem mittelalterlichen Wohnturm waren schwarze Tafeln angeschlagen: *Orario*.

Ja, sie hatte abreisen wollen. Weshalb denn wandte sie sich an den Blumenhändler, der beim Brunnen Zinnien schnitt und in Kübel stellte?

«Nach fünfzig Metern rechts», sagte der Mann in blauer Schürze, während er ihr die Blumen und das Wechselgeld aushändigte.

Zum *Cannon d'Oro*, wie die Leuchtschrift über dem Torbogen verkündete, führte ein tunnelartiger Gang in einen Hinterhof. Zur Linken, einem Haus gegenüber, lag der Eingang.

Tanja betrat den Empfangsraum, wo an einem Holztresen der Nachtportier lehnte, den man noch nicht abgelöst hatte und der zu müde für ein Lächeln war.

Sie fragte nach einem Zimmer.

«Für wie lange?»

Tanja zögerte. Konnte sie das wissen? Eben hatte sie noch wegfahren wollen! Und dann gespürt, dass sie nicht abreisen durfte. So, als hätten die schwarzen Tafeln sie an ihre Pflicht erinnert. Sid war krank, sie musste sich mit ihm in Verbindung setzen, dafür sorgen, dass er Pflege erhielt.

«Für eine Nacht?», fragte der Portier.

«Drei», sagte sie und war sich bewusst, dass sie sich damit die Frist gesetzt hatte, um eine Lösung zu finden.

Mit schlurfenden Schritten führte der Portier sie über Treppen und Gänge durch das verwinkelte, aus zwei Häusern bestehende Gebäude. Die Tür, die er schließlich aufsperrte, lag am Ende eines nüchternen Ganges. Und so war auch das Zimmer, ein wenig kahl, beinahe klösterlich, ein hoher, schiefer Raum mit abgerundeten Deckenkanten, roten Fliesen und einem Lamellenrollo vor dem Fenster, das die grelle Morgensonne abhielt.

Nachdem der Portier die Tür hinter sich zugezogen hatte, ließ Tanja sich aufs Bett fallen. Sie blickte zur Kreuzdecke, von der eine Glühbirne herabhing, lauschte nach draußen auf das an- und abschwellende Sirren der Mauersegler in ihrem Flug.

Die spitzen Laute erinnerten sie an ihre Kindheit, an die Nachmittage im Sommer, wenn sie im abgedunkelten Zimmer liegend den Schwalben zugehört hatte. Unter dem Dach hatten graue, kugelige Nester gehangen. Später blieben die Schwalben aus und in einem Herbst hatte ihr Vater die alten Nester weggeschlagen. Doch die Vogelstimmen waren in ihrer Erinnerung geblieben und versetzten sie jetzt in eine Zeit und an einen Ort ohne Sid. Damals war für sie nichts mit seinem Namen verbunden gewesen.

Als sie erwachte, war zum Sirren der Mauersegler ein dumpfes Dröhnen hinzugekommen. Noch benommen richtete sie sich auf. Neben ihrer Reisetasche lag der welke Strauß. Siena – sie war durch die Stadt gelaufen, geflohen vor Sid, hatte auf einer Steinbank geschlafen und dann von der Festung hinüber zum Dom geblickt.

Heute morgen!

Sie erhob sich und zog das Lamellenrollo hoch. Ihr Blick fiel auf eine Backsteinwand des Palazzo Salimbeni. Davor, mit Schornstein und Terrasse, lag das Dach eines niedrigeren Hauses und seitlich, in einem kleinen Garten versteckt, standen die dröhnenden Abluftschächte der Klimaanlage. Sie gehörten zum Palazzo, der durch einen modernen Zwischentrakt mit anderen Gebäuden verbunden war und eine Reihe marmorner Spitzbogenfenster hatte. Die Sonne fiel senkrecht in den Hinterhof. Es war Mittag, Zeit loszugehen.

Durch den tunnelartigen Durchgang betrat sie die Gasse. Sie vergewisserte sich, dass Sid nicht in der Nähe war, und eilte hinüber zu einer Bar. Es roch nach Kaffee und frischen Backwaren, die Espressomaschine zischte, und der junge Mann, der den Kaffeefilter in eine Schublade ausklopfte, grinste Tanja an. Sie bestellte Cappuccino, dazu zwei Brioches und trug beides zu der marmornen Ablage hinüber, die sich an der Wand entlangzog. Sie schwang sich auf einen der Hocker, löffelte ein wenig Schaum von ihrem Kaffee und biss in das Gebäck. Unablässig kamen Leute herein und tranken stehend ihren Espresso, Angestellte aus Büros und Geschäften, die der schlaksige Junge alle zu kennen schien.

Er wechselte mit jedem ein paar Worte, gab sich gelassen, obschon er hinter seiner kreisrunden Brille schüchtern blinzelte, wenn er sich unbeobachtet fühlte.

Sollte sie Sid anrufen? Versuchen, eine Verabredung mit ihm zu treffen?

Sie konnte sich nicht vorstellen, was er jetzt tat. Was, wenn er einen Anfall erlitt, einen neuen «Schlag»?

Sie bestellte einen zweiten Cappuccino.

Würde Sid versuchen, sie zu finden? Er brauchte nur in den Hotels und Pensionen nachzufragen. Sie hatte sich unter ihrem Namen eingetragen. Aber sie war sicher, er würde nicht einmal auf die Idee kommen.

Sie trank den Kaffee aus, lächelte dem jungen Mann hinter der Espressomaschine zu und trat auf die Straße, ohne recht zu wissen, wohin sie gehen sollte. An einer Ecke kaufte sie Ansichtskarten.

Jeder andere, dachte sie, würde durch die Straßen und Gassen laufen, in der Hoffnung, sie zufällig zu finden oder auf eine Spur zu stoßen. Nicht so Sid. Er würde einfach nur warten. Warten am richtigen Ort. Ohne sich zu rühren.

Sie setzte sich in den Schatten auf die Treppe, die zur Kirche und dem Vereinshaus der *Contrada del Drago* führte, ließ die Karten durch die Hände gleiten, flüchtig die Ansichten betrachtend, und steckte sie in ihre Handtasche.

Und der richtige Ort, dachte sie, war der, an dem alle Gassen zusammenliefen, wo früher oder später jeder hingelangte, ob er wollte oder nicht: der Campo, der muschelförmige Platz vor dem Palazzo Pubblico.

Sie besorgte sich einen Stadtplan, faltete ihn auf ihren Knien auseinander und strich über das widerspenstige Papier: «Il Campo» lag genau in der Mitte der Stadt.

Tanja bezeichnete ihn mit einem Kreuz, wie es manche Spinnen auf dem Rücken tragen.

Es gab elf Zugänge zum Campo, die sie durchnummerierte, in der rechten oberen Ecke, bei der Bocca del Casato beginnend, im Uhrzeigersinn um den Platz herum bis zur Via Giovanni Duprè. Sie lagen in regelmäßigen Abständen voneinander entfernt. Manche breit und auffällig, wo eine Straße auf den Platz mündete; andere versteckt, wo nur ein schmaler Gang zwischen Häusern hindurchführte.

Von den Zugängen gingen strahlenförmig Gassen aus, die vom Platz wegführten und andere Straßen kreuzten, die um den Campo herumliefen: Tanja zog sie mit dem Kugelschreiber nach. Drei solche, aus mehreren Gassen zusammengesetzte, nicht ganz geschlossene Ringe konnte sie ausmachen, der engste und nächste führte direkt hinter der Häuserfront des Platzes entlang und bestand im Wesentlichen aus der Via di Città, den Banchi di Sotto und dem Vicolo delle Scotte.

Über den Stadtplan gebeugt, bezeichnete sie die einzelnen Ringe mit römischen Ziffern, dann hob sie den Kopf und kniff die Lider zusammen.

Ja, es war wie ein Spinnennetz! Und auf den sich gegenüberliegenden Halte- oder Befestigungsfäden lagen ihre beiden Hotels.

In der Mitte lauerte Sid: Das Zentrum gehörte ihm.

Um überhaupt eine Chance zu haben, musste sie die Gassen rund um den Campo sehr genau kennen. Notfalls wären das ihre Fluchtwege.

Sie würde Sid umkreisen, sich ihm langsam, Ring um Ring nähern. Sie würde versuchen, ihn ausfindig zu machen und zu beobachten, während er wahrscheinlich in einem der Cafés saß und die Zugänge zum Platz im Auge behielt.

Und wenn sie sich irrte? Wenn er nicht einfach wartete?

Die Zeit läuft gegen ihn, dachte Tanja. Sie war die einzige Zeugin. Er musste sie finden, je früher, desto besser. Bevor sie sich um Hilfe an Außenstehende wandte oder gar die Polizei verständigte.

Tanja blickte sich um. Beobachtete er sie schon jetzt? Hatte er gesehen, wie sie aus dem Hotel gekommen war und Kaffee getrunken hatte? Folgte er ihr die ganze Zeit? Zum Kartenstand, über die Piazza Matteotti ...?

Entschlossen stand sie auf und klemmte die Handtasche unter den Arm. Nein, Sid würde das Unübliche wählen, und das hieße, auf der Piazza an einem Tisch zu sitzen und Kaffee zu trinken – so wie er damals vor der Operation im Krankenzimmer gesessen hatte, in unbegreiflicher Ruhe.

Dennoch wagte sie sich nicht bis zur Piazza Tolomei vor, wo sie rechts in den Vicolo della Torre hatte abzweigen wollen. Nach ihrem Plan gehörte er schon zum äußersten Ring um den Campo und fand seine Fortsetzung in der Via di S. Caterina, dem Fontebranda und der zum Dom hinaufführenden Via del Costone.

Erst über einen Umweg, der sie am Haus der heiligen Caterina vorbeiführte, gelangte sie hinunter zum Fontebranda. Dort setzte sie sich auf die von der Mittagssonne heißen Stufen aus Ziegelsteinen. Im Dunkel der gedrungenen, spitzbogigen Brunnenöffnungen plätscherte gleichgültig das Wasser. Ein Motorrad fuhr die gegenüberliegende Hügelseite hinan, es war die Stunde, in der sich die Glut auf die Dächer senkte, die Bewegungen langsamer wurden und selbst die Mauersegler sich nur träge in der Luft treiben ließen. Melancholie der Hitze – und über den Zinnen des Brunnens, oberhalb der Felsen und Büsche, leuchteten rot die Mauern der Kirche S. Domenico.

Tanja flüchtete in den Schatten des Brunnens. Aus dem Fels sickerte Wasser ins Becken. Es roch nach Moos und Kühle. Sie tauchte die Hände hinein. Vom Grund blinkten Münzen, ein paar Flaschen lagen am Boden und auf der schiefergrauen Oberfläche trieb ein Fisch mit aufgequollenem Bauch.

Schräg hinter ihr stieg die Via di Fontebranda an, eine steile Straße. Sie brauchte sie nur hinaufzugehen. In ein paar Minuten stünde sie auf dem Campo.

Wäre das nicht richtiger, als durch die Gassen zu laufen, sich die Zeit zu vertreiben, selbst zu warten, bis irgendetwas geschähe, ein Zusammentreffen vielleicht, ein Unglück?

Sid war krank, daran hatte sie keinen Zweifel, und es war ihre Pflicht, ihm zu helfen. Sie musste zu ihm gehen, mit ihm reden. Er würde begreifen müssen, dass er Pflege und ihre Hilfe brauchte.

Sie fuhr sich mit den nassen Händen übers Gesicht. Dann lief sie los, ihr Atem ging schneller ...

«Es ist nicht wirklich», sagte sie keuchend vor sich hin, «es ist nicht wirklich, es ist nicht wirklich.» Und dazwischen: «Sid, Sid, Sid! Es ist nicht wirklich, was geschehen ist.»

Sie erreichte das Ende der Steigung. Der Durchgang zum Campo öffnete sich, ein Mann fotografierte eine Gruppe junger Leute, und Tanja wollte eben über die Stufen hinab auf den Platz eilen, als sie erstarrt stehen blieb.

Sie hatte kurz die Via di Città hinaufgeblickt und dort ein Schild bemerkt.

CARTOLERIA.

Darunter stand ein Name: Ettore Zanussi.

4

Immerzu, immerzu, immerzu – wie hieß es? Gelaufen, ja, dabei konnte es nicht schnell gewesen sein. Es schmerzte zu sehr, der Riss, der Riss in der Brust, nein, nicht in der Brust, in der rechten Körperhälfte, ein Riss, der längs der Gasse verlief, immerzu: Kein Schmerz, eher ein Zerren, als wären die Nerven zu kurz, und die eine Körperhälfte wollte ihr eigenes Leben führen, ein Christian-Buddenbrook-Leben. Ging es da die Straße hinunter, beim Lübecker Tor, hinunter zum Hafen? Selma musste da sein, in ihrem selbst geschneiderten Kleid. Wo waren die Schiffe, der Umschlagplatz für den Weizen von den mecklenburgischen Gütern? Selma trug das Kleid stets auf Reisen, ein rot-weißes Blumenmuster. Rosen? Oder Chrysanthemen? Das war nicht wichtig oder vielleicht doch? Sie trug es auf Reisen, ja: auf der Reise nach Schweden. Doch er war nicht in Schweden und das konnte nicht Lübeck sein – es war Irgendstadt, und die Hauswände flossen ineinander, machten dicht, um ihn im letzten Augenblick durch Spalte einzulassen. Wunden! Licht aus aschgrauem Schiefer: eine Emulsion von Stadt und Schmierflüssigkeit und der Boden kam ihm entgegen. Steinplatten, zwischen einem Netz von feuchten Ritzen. Die Platten federten, drangen in seine rechte Körperhälfte ein, waren eine dunkle, schmerzende Masse, als offenbarte sich, dass sie nur ein anderer Aggregatzustand von Sand waren, von unermesslich viel Sand – Sandschlamm, Sanddünen – amorph, breiig, zersetzt, zerfressen: ein rieselndes, knirschendes Nichts. Auflösung, Zeugnis des Zerfalls. Und er watete, watete atemlos durch die Morgendämmerung, stieß an Hauswände, strauchelte, war gefangen im treibenden Sand, spürte den Schmerz, der tief hinabreichte in seinen Körper wie ein zuckender Arm.

Erschöpft setzte sich Sid bei der *Contrada della Pantera* auf den Rand des Brunnens. Er tauchte ein Papiertaschentuch ins Wasser, fuhr sich damit über die Stirn, und die Kälte roch nach Eisen.

Eine Eisenplatte, die über die Stirn zog wie ein Komet.

Dann trank er ein paar Schlucke Wasser, fühlte sich besser, und die Dinge nahmen wieder ihr gewöhnliches Aussehen an. Er blieb sitzen, wie lange, wusste er nicht, wusste auch nicht, wozu, sah, wie ein motorisiertes Ungetüm die Gasse entlanglärmte, sich mit zwei Bürstenkränzen Papier und Zigarettenkippen in den Rachen strudelte und hinter sich aus Düsen Wasser auf die Steinplatten sprühte. Sie blieben schwarz und glänzend zurück und verströmten einen faden Geruch nach Staub.

Eine Weile herrschte Stille, dann tauchte das Ungeheuer erneut auf, diesmal als knatternde Vespa, beladen mit Körben voll frischen Brots. Sie rumpelte über das Pflaster. Ein Cornetto fiel herunter und blieb auf einer Steinplatte der Gasse liegen: künstlich in seiner Knusprigkeit – ein widerlich absurdes Zeichen dieses Morgens.

Sid zog sich am Sockel der Brunnenfigur hoch. Dann schlurfte er die paar Schritte in die Gasse und zertrat das Brötchen.

Täuschte er sich? Gehorchte ihm das rechte Bein nicht mehr richtig? Oder war es nur eingeschlafen?

Am besten suchte er Halt an den Häuserwänden: Die Straße zur Redaktion war ein wenig schmal geworden, so eng war sie früher nicht gewesen. Alles änderte sich. Man konnte auf nichts mehr vertrauen. Und wozu sollte er auch in sein Büro gehen. Sie hatten ihn gefeuert. Oder vielleicht nur beurlaubt. Es spielte keine Rolle. Er wusste genau, wo er war. Niemand brauchte zu glauben, er erinnerte sich nicht. Sie waren gestern angekommen und Tanja hatte ihn verraten. Auf eine schmähliche, hinterhältige Art: Sie war weggelaufen, um sich mit dem jungen Typen zu treffen ...

Und sie wird versuchen, mir die Geschichte in Castiglione anzuhängen, dachte Sid. O nein, nicht Polizei, das wäre ihr zu gefährlich. Da kämen Fragen. Weshalb sie sich denn nicht gleich gemeldet hätte? Warum sie mit ihm weitergefahren sei? Nein, sie würde versuchen ...

ATHENA.

So hieß das Hotel. Eben jetzt war es ihm eingefallen. Und es war ein Beweis: Er wusste den Namen. Er kannte auch den Weg, die Straße, die sich neigte, durch die beiden Tore und dann gerade hinunter zum Hotel führte. Niemand würde sein Hinken bemerken, er ging aufrecht, setzte Fuß vor Fuß – und das war ein Beweis: der Wille, zielstrebig die Straße hinunterzugehen ...

ATHENA.

So hieß es. So stand es auch angeschrieben. Bloß

konnte man nicht eintreten. Die Tür war verschlossen. Eine Glastür mit Messinggriff.

Hinter dem geschwungenen Empfangstisch bewegte sich ein Schatten. Ein Gesicht sah ihn durch die Glasscheibe an, dann öffnete sich die Tür.

«E aperto, Signore.»

«Ich möchte Kaffee. Bitte eine ganze Kanne voll, wenn das geht. Auf mein Zimmer.»

Warum der Mann so schmierig grinste? Das war ein Beweis: Er erinnerte sich. Es war der Nachtportier. Der auch von dem Verrat wusste. Der wusste, dass Tanja versuchen würde, ihn für krank erklären zu lassen. Das war ihr Fach. Doch dazu würde ihr keine Zeit mehr bleiben. Er war nicht krank, er konnte es doch gerade wegen seiner Tat nicht mehr sein. Und das war ein Beweis: Er würde sie töten.

Warum hielt ihn der Portier am Arm und führte ihn hinauf zu seinem Zimmer? Er konnte allein gehen. Er hieß Sid Peters – das war sein Name. Und es war ein Beweis.

«Brauchen Sie einen Arzt?»

Sid sah ihn misstrauisch an. War das sein Zimmer, hatte es so ausgesehen?

«Öffnen Sie die Läden und schicken Sie das Zimmermädchen zum Saubermachen hoch. Ich will mich nach dem Frühstück hinlegen», wollte er sagen. Offensichtlich hatte er nichts gesagt und nur den Kopf geschüttelt. Denn die Tür wurde zugezogen: Er stand allein im Dunkeln.

5

Als er erwachte, war es Mittag. Sid nahm eine Dusche und kleidete sich frisch an. Auf dem Tischchen stand ein Tablett mit einer Tasse und einer Kanne Kaffee. Er hatte den Kellner nicht gehört. Er goss sich etwas ein und verzog beim ersten Schluck den Mund. Er hasste lauwarmen Kaffee. Er würde in der Stadt einen Espresso trinken.

Es hatte seinen Reiz, dachte er, allein und ungebunden zu sein, zu tun, wozu man Lust und Laune hatte.

Er würde in aller Ruhe durch die Gassen stadteinwärts flanieren und sich ein Café aussuchen, die Vorübergehenden betrachten, lesen, sich vielleicht ein paar Notizen machen. Ja, richtig, er wollte sein Notizbuch mitnehmen. Vielleicht auch Zigaretten – nein, er rauchte nicht mehr, seit der Operation rauchte er nicht mehr. Schön, das war nicht so wichtig. Ein Bleistift! Er hatte Notizen immer mit Bleistift geschrieben. Der graue, weiche Strich besaß für ihn eine ganz eigene Sinnlichkeit.

Sid hatte eine Leinenhose und ein gelb gestreiftes T-Shirt angezogen, dazu trug er ein Paar neuer Espadrilles. Einen Baumwollpullover legte er sich um die Schultern.

«Jetzt fehlt nur noch der Hut.»

Er würde ihn aus dem Wagen holen oder sich unterwegs einen neuen kaufen.

Als er die Zimmertür öffnete und auf den dunklen Gang hinaustrat, spürte er Enttäuschung. Was war, woran mochte es liegen?

Er hoffte, der Portier würde ihn nicht wieder mit diesem Lächeln empfangen. Ob er geglaubt hatte, er wäre betrunken gewesen?

Sid beruhigte sich. Der Nachtportier war längst abgelöst worden. Der Empfangschef blickte auf, grüßte. Er hatte ein gepflegtes Aussehen, war etwa Mitte dreißig, mit straff nach hinten gekämmtem Haar und einer dünn geränderten Goldbrille. Er trug ein schwarzes Jackett, dazu ein weißes Hemd. Sid dachte, es wäre der Besitzer des *Athena,* der die Post sortierte und Rechnungen schrieb.

«Sie brauchen bitte nicht weiter auf mich zu achten», sagte er. «Ich habe manchmal Schmerzen. Ich gehe dann gerne – auch in den frühesten Morgenstunden – an die Luft. Spazieren, spazieren.»

Der Empfangschef nickte, lächelte. Er kam hinter dem Tresen hervor, durchquerte den Vorraum und ging zur Tür. Er trug eine braune Hose. Eine braune Hose zum schwarzen Jackett!

Er ist nur ein Angestellter, wie der Nachtportier, dachte Sid. Wahrscheinlich würde das Personal bereits über ihn reden, wie damals im Spital.

Der Empfangschef öffnete ihm eilfertig die Glastür und obwohl Sid solche kleinen Aufmerksamkeiten sonst schätzte, berührte diese ihn unangenehm, und er trat hinaus, ohne dankend zu nicken.

Das Licht blendete, eine trockene Hitze schlug ihm entgegen, flimmernd lag die Straße vor ihm. Er trottete die Via Paolo Mascagni hoch, denselben Weg, den er am Morgen gegangen war, in der Dämmerung, kurz vor Tagesanbruch – gehetzt, übernächtigt, voller Hass auf Tanja.

Die rechte Seite seines Körpers! Sie schmerzte jetzt nicht mehr. Nein. Ein Ziehen. Mehr nicht. Eine Nachwirkung. Genau wie das Kribbeln in den Fingerspitzen.

Beim Brunnen der *Contrada della Pantera* zwang

ihn die Erinnerung, kurz zu der Stelle zu blicken, wo das Hörnchen gelegen hatte, hell und knusprig, künstlich in seiner Frische – so erschreckend wirklich auf der feuchten Steinplatte …

Die Reste waren bestimmt von den Tauben weggepickt worden. Nichts war mehr zu sehen. Vielleicht hatte es das Cornetto nie gegeben. Eine Einbildung, an die zu denken sich nicht lohnte.

Je näher er dem Zentrum kam, desto belebter waren die Gassen. Früchte wurden feilgeboten, an den Häuserwänden entlang standen Spankisten voll kunstfertig aufgeschichteter Pfirsiche, Aprikosen und Pflaumen, über denen Wespen kreisten; vor den Restaurants waren die Tische mit frischen Tüchern gedeckt, aus Fenstern und den weit geöffneten Türen der Kaffeebars drang Musik; Wortfetzen hallten zwischen den Mauern, eine Vespa stand aufgebockt mit laufendem Motor, vor einer Eisdiele drängte sich eine Gruppe junger Mädchen.

Sid wandte sich brüsk ab.

Ein Restaurant! Ja, er wollte ein Restaurant suchen, wo er sitzen, Kaffee trinken, sich Notizen machen konnte.

Doch es würde nicht so sein, wie er es sich im Hotel ausgemalt hatte, dachte Sid. Es würde kein ruhiges Betrachten geben! Er fand kein passendes Restaurant. Immer hemmte ihn etwas, einzutreten oder an einem Tisch auf der Gasse Platz zu nehmen. Außerdem war Essenszeit. Und er hatte keine Lust, sich zwischen die Touristen zu setzen, die Pasta oder Pizza aßen und billigen Wein dazu tranken.

Und die Seiten seines Notizbuches würden weiß bleiben, ohne Schriftzug, ohne Bemerkung: leer.

Er war nicht frei.

Sid wusste nur nicht so genau, wovon eigentlich. Es hatte mit den Mädchen vor der Eisdiele zu tun, auch mit dem Kribbeln in der rechten Hand und damit, dass seine Erinnerung nicht verlässlich war.

Es trieb ihn weiter, die Via di Città hinunter. Oberhalb des Zugangs zum Campo zögerte er. Dann stieg er die Stufen langsam hinab. Die Tische unter den Markisen und Sonnenschirmen waren dicht besetzt. Im Muschelrund, auf den ziegelroten Steinen, lagen Gruppen Jugendlicher oder Paare in der Sonne, sahen den Tauben zu und hörten Musik. Die Zeiger auf dem Zifferblatt der Turmuhr standen auf ein Uhr. Sid entschloss sich, um den Platz herum zu flanieren, zusammen mit all den andern Müßiggängern, und an dem seltsamen Korso teilzunehmen, der darin bestand, die Menschen zu betrachten, die ihrerseits damit beschäftigt waren, den Vorübergehenden mit den Blicken zu folgen.

Plötzlich stockte er, wandte sich um und blickte auf den Platz und die Fassade des Palazzo Pubblico, ohne sie wirklich zu sehen. Dann ging er mit raschen Schritten in die Richtung zurück, aus der er gekommen war, blieb am Fuß der Stufen unschlüssig stehen, um danach seinen Gang um den Platz fortzusetzen, allerdings nicht mehr langsam, der allgemeinen Bewegung der Spazierenden folgend, sondern entschlossen auf ein Ziel zu: eine Bar an der Stirnseite des Platzes, in der rechten oberen Ecke, nahe der Bocca del Casato.

Auf drei Stufen standen runde Blechtische mit Klappstühlen. Sid setzte sich und versuchte, seine Nerven zu beruhigen. Er bestellte einen Martini.

Er hatte den gestrigen Abend verdrängt gehabt, aus seinem Gedächtnis gestrichen. Doch als er vorhin zu dem Lokal gelangt war, wo er mit Tanja gegessen hatte, saß der Typ wieder an demselben Tisch, in der gleichen unerträglichen Pose, zurückgelehnt und auf die vordere Stuhlkante gerutscht, die Beine gespreizt.

Sid hatte zuerst fliehen und sich in den Gassen verstecken wollen. Dann entschied er sich anders. Der Typ hatte ihn nicht erkannt. Wahrscheinlich aber wartete er auf Tanja. Sid brauchte nur einen Beobachtungsposten zu wählen und für diesen Zweck war die kleine Bar genau das Richtige. Sie lag etwas abseits des Rummels, versteckt in der Ecke und leicht erhöht. Von dort aus überblickte er die rote Muschel des Platzes mit ihrem schlammfarbenen Rand. Tanja würde ihm geradewegs in die Arme laufen.

Er bestellte einen weiteren Martini. Die Hitze setzte ihm zu. Kalter Schweiß trat ihm auf die Stirn, und eine plötzliche Übelkeit erfasste ihn. Er hatte seit dem Vortag nichts mehr gegessen. Brioches oder Panini gab es nicht, und aufgewärmten Käse-Schinken-Toast mochte er nicht.

Sid versuchte, sich bequemer hinzusetzen. Das Ziehen in seiner rechten Körperhälfte hatte zugenommen, so als wäre sie eingeschlafen oder schwerer geworden und hinge an zu kurzen, überdehnten Nerven.

Er wusste nicht, ob der junge Typ noch drüben in dem Lokal saß. Er war sich nicht ganz sicher, an welchem der Tische er ihn gesehen hatte. Die Distanz war groß und Einzelheiten ließen sich im Schatten der roten Markisen schwer ausmachen.

Nicht wichtig, nicht wichtig!, dachte er. Das ist ein Beweis –.

Sie hatte ihn als ihren Vater ausgegeben und sie war nachts zu dem Typen geflohen. Wahrscheinlich saß er auf ihr Geheiß da, um auf ihn, Sid, zu warten, weil sie sich fürchtete. Sie wollte ihn beobachten lassen. Doch er würde die Rollen vertauschen. Hier, dieser Tisch sollte sein Observatorium sein. Er würde sie abservieren. Das war es. Das war das Wort, das er gesucht hatte. Übersehen! Nein, nicht übersehen. Es war schon richtig gewesen: abservieren. Aber das deutsche Wort? Hieß es nicht über-, über-? Übersehen war es nicht.

«Cameriere!»

Nein, er war nicht krank. Observieren, das war es. Das war das deutsche Wort. Das war ein Beweis. Tanja würde es nicht gelingen, ihn krank zu machen, für krank erklären zu lassen. Er würde ihr zuvorkommen. Sie hatte keine Chance. Nicht gegen ihn. Er musste hier nur warten, bis sie ihm in die Fänge lief.

«Cameriere!»

Der Kellner stellte sich leicht abgewandt neben Sid, blickte in die Weite des Platzes, als gälte seine Sehnsucht den müßigen Menschen auf dem Campo.

«Prego?»

«Wo ist die nächste Apotheke?»

Der Kellner zeigte mit ausgestrecktem Arm am Palazzo Pubblico vorbei zur gegenüberliegenden Ecke des Platzes.

«Farmacia Sopori», sagte er ohne seinen Blick vom Platz zu lösen. «Via Rinaldini, dann rechts.»

Sid erklärte dem Kellner, er wolle sich nur schnell ein Schmerzmittel besorgen, er käme gleich zurück. Dann bestellte er noch einen Martini und gab ein ansehnliches Trinkgeld, damit ihm der Tisch freigehalten würde.

Er hinkte zum Palazzo Pubblico hinunter. Er hatte die Empfindung, seine Körpermitte wäre nach links verschoben und die rechte Seite stets in Gefahr wegzurutschen. Er konnte mit dem rechten Fuß nicht richtig auftreten, nicht fest genug. Als hätte er zu wenig Kraft oder als watete er mit dem rechten Fuß in knöcheltiefem Schlamm.

Mehrmals blieb er an einem der Steinpfosten stehen, die den Platz von der Umfassung trennten. Die Hitze war drückend, und der leichte Anstieg vom Portal des Palazzo zur oberen Ecke des Platzes machte ihm zu schaffen.

Die Via Rinaldini lag zur Hälfte im Schatten, und Kühle floss ihm aus den Gassen entgegen. Gleich rechts an der Ecke war eine Bar, und Sid bat um ein Glas Wasser. Er leerte es in einem Zug, fuhr sich mit dem Handrücken über die Stirn. Er hätte einen Hut kaufen sollen, und es war ein Fehler gewesen, die Martinis auf leeren Magen zu trinken.

Was hatte der Kellner gesagt? Via Rinaldini und dann rechts.

«Ist das die Via Rinaldini?», fragte er das Mädchen, das in der Bar bediente.

«Sî.» Sie sah ihn aus dunklen Augen an. Prüfend? Nein, wieso sollte sie, er war Tourist wie hunderte andere auch.

Als er auf die Gasse hinaustrat, hatte er ihre Antwort schon vergessen. Hilflos stand er einen Augenblick da, blickte in die sich verbreiternde Gasse, wo an Häuserwänden Fahrräder und Mofas lehnten. Unablässig kamen und gingen Menschen. Doch er hatte allem Anschein nach nichts mit ihnen zu tun. Obwohl er hier etwas gewollt hatte. Hier? Was bedeutete das? Wo war er? Zum Platz zurückzukehren, das konnte es nicht gewesen sein, was er beabsichtigt hatte, also schlurfte er im Schatten der Gasse weiter, an einem Tabakgeschäft vorbei, sah in ein schmales Schaufenster und wusste wieder, was er gewollt hatte.

Die Tür öffnete sich in einen von Neonlicht beleuchteten Laden.

ARMERIA MAFEI.

Auf Gestellen waren Schachteln gestapelt, Fischereizeug lag in Schränken, der Ladentisch war mit Filz überzogen, und auf einem der Regale stand ein ausgestopfter Vogel. Aus dem Hinterzimmer trat ein Mann in dunklem Anzug, klein und hager, mit grauen Stoppeln auf dem Kopf, müden, ein wenig leeren Augen unter langen Lidern. Er begrüßte Sid mit einem Nicken.

Hinter ihm stand ein bis zur Decke reichender Glasschrank, in dem sich das Licht der Deckenleuchte spiegelte.

Der Mann legte die altersgefleckten Hände auf den Filz. Er trug einen Siegelring.

«Prego.»

«Eine Beretta.»

Er setzte eine Brille auf und nestelte an seinem Schlüsselbund, um die Schubladen unter dem Glasschrank aufzuschließen. Während er sich bückte, die eine Hand auf dem Schrankabsatz aufgestützt, um mit der andern den Schlüssel ins Schloss zu stecken, fragte er:

«Auch Munition?»

Sid nickte.

«Winchester-Kugeln», sagte er.

Der Mann hielt einen Augenblick inne. Jedenfalls kam es Sid so vor. Vielleicht war es aber auch nur eine Täuschung.

6

Ein Klingeln ertönte, als Tanja die *Cartoleria* betrat. Gleich rechts saß eine Frau, den Kopf über ein Kreuzworträtsel gebeugt. Sie blickte auf, lächelte. Offenbar war sie gewohnt, dass die Kunden keine bestimmten Wünsche hatten, sondern sich nur einfach umsehen wollten.

Tanja stand unentschlossen da.

Eine Stufe trennte den Laden in zwei Räume. An den Wänden standen Regale aus Naturholz, gefüllt mit Heften, Blöcken, Notizbüchern, Verzeichnissen, mit Schachteln, Farbstiften, Lesezeichen, mit Schreibgarnituren, Rechnungsbüchern und Alben. All diese Artikel waren mit einer Sorte Papier bezogen, die Tanja noch nie gesehen hatte: fächrige Muster, die an Palmwedel oder Federbüsche erinnerten, deren Farben sich abwechselten, wiederholten und ineinander flossen, manchmal tintig, dann wieder klar wie Licht, das durch ein Prisma gebrochen wird. Ein kleines Buch hatte es ihr angetan. Sie hielt es, wendete es hin und her, betrachtete es wieder und wieder, schien ganz selbstvergessen, als sie es unvermittelt zurücklegte und aufsah.

«Ist Herr Ettore Zanussi zu sprechen?»

Die Frau am Pult blickte von ihrem Kreuzworträtsel auf. Sie hatte ein verwelktes, blasses Gesicht, in das eine Strähne fiel, die sie nachlässig zurückstrich.

«Ich habe ihn zufällig kennen gelernt.»

Es klang nach einer Entschuldigung.

«Er hat gesagt, ich solle ihn besuchen, wenn ich in Siena bin.»

Sie hatte feuchte Hände, und der Gedanke schoss ihr durch den Kopf, sie könnte das Büchlein fleckig machen, obwohl sie es doch zur Seite gelegt hatte. Sie nahm es entschlossen vom Tisch und hielt es der Frau hin.

Diese lächelte und tippte den Preis in ihre kleine elektronische Rechenmaschine ein.

«Diciassette mila cinque cento.»

Und während sie das Büchlein in eine Tüte mit dem Namen Zanussi schob, sagte sie: «Er kommt so gegen vier Uhr. Vielleicht schauen Sie dann noch mal vorbei.»

Tanja spürte ihr Herz pochen. Sie hielt die Papiertüte in der Hand, die Türglocke klingelte, die Klinke war angenehm kühl, eine Stufe, dann nochmals ein Klingeln und sie stand auf der Via di Città.

Dann lief sie los, wohin, wusste sie selbst nicht, es war auch unwichtig, entscheidend war allein: Zanussi lebte! Sid hatte ihn nicht getötet. Sid war kein Mörder!

Nichts war wahr! Die ganzen Erlebnisse der letzten Tage, die Flucht, das Labyrinth der Straßen, ihr Ausgeschlossensein, es war alles ein Irrtum, ein Albtraum gewesen. Nichts war wahr, nichts!

Tanja hätte es hinausschreien mögen, die Leute umarmen und ihnen sagen: Ich gehöre wieder zu euch, nehmt mich auf, ich will wieder leben, leben . . .

Sid! Sie musste zu ihm gehen. Jetzt sofort. Keine zehn Schritte von ihr entfernt führten Stufen hinab zum Campo. Sie würde in allen Cafés nach ihm suchen, so lange, bis sie ihn gefunden hatte, an einem Tischchen sitzend, auf dem Stapel Zeitungen lagen und ein Glas Pulverkaffee mit einem Trinkhalm stand, sie würde zu ihm hinlaufen, ihn umarmen und ihm sagen . . .

Ja, was eigentlich? Sid wusste wahrscheinlich gar nicht, wer der Mann am Strand von Castiglione gewesen war. Er hatte das Stück Stoff bestimmt nicht wiedererkannt. Kleider interessierten ihn zu wenig, als dass ihm der Stoff aufgefallen wäre. Und wahrscheinlich meinte er noch immer, die Gestalt im Rückfenster – wer immer es gewesen sein mochte – aus Notwehr überfahren zu haben.

Egal, sie musste zu ihm.

Doch dann zögerte sie erneut. Sid würde ihr nicht glauben, würde die Geschichte mit Zanussi für eine Ausrede halten, mit der sie ihre Flucht kaschieren wollte.

Und es gab ja auch Einwände. Warum war sie so sicher, dass der Überfahrene Zanussi sein musste? Wie viele Männer mochten das gleiche Hemd haben wie er an dem Abend getragen hatte? Dazu kam Sids Argwohn und seine Eitelkeit. Er war überzeugt gewesen, den Liebespaarmörder getötet zu haben. Bestimmt hatte er gestern in dem Dorf die Schlagzeile der Zeitung gelesen, doch ob er ihre Aussage auch glaubte?

Tanja schlenderte ein Stück die Via di Città entlang.

Es war besser, sie wartete noch, bis sie mit Ettore Zanussi gesprochen hatte. Vielleicht konnte sie ihn überreden, wenn sie ihm die Umstände und Sids Krankheit erklärte, mit ihr gemeinsam Sid zu suchen. Zanussi müsste er wohl glauben.

In der Nähe des Chiasso del Bargello betrat Tanja eine Eisdiele. Sie hatte reichlich zwei Stunden Zeit. Sie setzte sich auf die mit schwarzem Leder bezogene, gepolsterte Sitzbank an einem Marmortisch und bestellte einen Cappuccino und drei Kugeln Eis. Lucio Dalla sang: «Cosa sarà, so wird es sein.»

Aus dem gekachelten, mit blauen Neonröhren beleuchteten Raum sah sie durch die offene Tür auf die Gasse. Sie erinnerte sich an Frankreich. Drago, ein Straßenmusiker, hatte Lieder von Lucio Dalla auf der Gitarre gespielt, in Les Saintes-Maries-de-la-Mer, als sie dort ihre Ferien mit ihrer Freundin Maya verbrachte. Jeden Abend hatten sie auf dem Platz vor der Steinkirche gesessen, Kerzen angezündet und Drago zugehört: Er ähnelte Antonio Gadés, war schwarzhaarig und stolz, fremd, manchmal abweisend und doch wieder voll Wärme. Sie hatte sich mit ihm draußen am Meer getroffen und ihm nach einem langen Fest einen Abschiedsbrief in sein Zimmer gelegt.

Ja, so wie damals in Südfrankreich würde es wieder sein.

Tanja packte das Büchlein aus, das sie in der *Cartoleria* gekauft hatte, betrachtete es im Kunstlicht, klappte den Deckel auf und blätterte die gelblichen Seiten durch. Wozu könnte sie es gebrauchen? Auf keinen Fall würde sie es verschenken.

Für ihre Mutter hatte sie nichts gefunden. Sie würde nochmals das Geschäft mit den Glas- und Keramikwaren aufsuchen, wo sie am Vortag mit Sid gewesen war.

Um nicht an Zanussis *Cartoleria* vorbeigehen zu müssen, ging sie nach einem Augenblick unschlüssigen Zögerns die Straße zum Dom hinauf, gelangte über eine Treppe und durch einen Torbogen in die Via Diacceto, die über die Via di Fontebranda hinwegführte. Eben erst war sie da heraufgehetzt, um Sid auf dem Campo zu treffen ...

Das Netz! Sie hatte sich unbewusst auf den mittleren Ring begeben!

Drago und seine Musik, die Unbeschwertheit der Tage in Südfrankreich, all das, dachte sie, würde es nie wieder geben.

Sie bog in die nächste Gasse ein, die sie zurück zur

Via di Città führen sollte. An das Geschenk für ihre Mutter mochte sie nicht mehr denken, sie wollte Sid finden. Das Versteckspiel durfte nicht endlos weitergehen. Sie musste sich von dem Druck der Ungewissheit befreien, egal wie. Jetzt, da sie wusste, dass Zanussi lebte, sollte sie Sid doch begreiflich machen können, dass er von ihr nichts zu befürchten hatte. Es gab keinen Verrat, keine Zeugenschaft! Sie hatte ihn nicht einmal verlassen!

Doch als sie am Ende der Gasse den Torbogen und die Menschen auf der Straße vor dem Campo sah, verließ sie wieder der Mut.

Sie zögerte, sah sich hilflos um.

Sid war krank. Es ließ sich nicht vorhersagen, wie er reagieren würde.

Sie setzte sich unschlüssig an einen Tisch vor einer Taverna, einer Familie mit kleinen Kindern gegenüber. Sie fühlte sich elend und überwältigt von aufsteigendem Selbstmitleid.

«Ciao. Un caffè?»

Er zwinkerte ihr zu und zog einen Stuhl für sie an seinen Tisch, den er mit drei Freunden teilte. Er winkte dem Kellner.

«Wo ist denn dein Vater?»

Tanja war erleichtert. Wenigstens war sie nicht mehr allein.

«Im Hotel. Er ruht sich aus.»

Antonio machte sie mit seinen Freunden bekannt.

«Und du?», fragte er.

«Ich laufe durch die Straßen. Was soll ich sonst tun?»

«Das ist nicht das Schlechteste, oder?»

Sie zuckte mit den Schultern. «Manchmal ist es ermüdend und manchmal ein wenig langweilig.»

«Si, noioso», nickte einer der Freunde. «Es ist nicht viel los in Siena. Besonders nachts nicht.»

«Wie lange bleibst du noch?», fragte Antonio.

«Ich weiß nicht. Zwei, drei Tage vielleicht.»

Er nahm eine Zigarette aus einer Schachtel und steckte sie sich zwischen die Lippen ohne sie anzuzünden. Er sah auf seine Schuhspitzen.

«Die meisten bleiben nur einen Tag in Siena, vielleicht zwei, oder wenn's hochkommt eine Woche. Ich bleibe einen Sommer.»

«Das ist auch nicht das Schlechteste, oder?»

«Ich will im Oktober oder November zurück nach England. Hier arbeite ich im Lebensmittelgeschäft meines Onkels in der Via Pantanete, aber er ist geizig. In England verdiene ich gut, da arbeite ich in einer Pizzeria. Ich möchte später studieren und brauche Geld, doch es wird schwierig sein, im Herbst die Stelle wieder zu bekommen.»

Er bestellte auf Tanjas Wunsch frisch gepressten Orangensaft, für sich und seine Freunde Kaffee. Dann zündete er die Zigarette an und blies den Rauch durch die Nase.

«Und dein Vater? Ist er okay? Ich meine, lässt er dich machen?»

Tanja war einen Augenblick lang verwirrt, bis sie begriff, dass er Sid meinte.

«Er war schwer krank», sagte sie. «Er hatte einen Hirntumor und wurde in dem Krankenhaus operiert, in dem ich arbeite. Es war eine lebensgefährliche Operation. Doch jetzt ist er wieder gesund. Du hast ihn ja gesehen.»

Die Erinnerung sprang sie an, die Zeit im Spital, vor der Operation: Sid, wie er am Tisch saß, Zigaretten rauchte und Kaffee aus einem Wasserglas trank. Sie sah sein Grinsen, hörte die bedächtigen Worte, mit denen er vorgab, nichts wirklich ernst zu nehmen. Und Tanja verspürte den unwiderstehlichen Drang, von ihm zu sprechen.

«Er war Journalist, Chefredakteur bei einer großen Zeitung. Er ist viel gereist, war in Washington und als Kriegsberichterstatter in Südostasien, hat den Journalisten-Preis erhalten und in den besten Clubs verkehrt . . .»

Als Sid zum Operationssaal gefahren wurde, zugedeckt bis zum Kinn, und sie neben seinem Bett durch die Gänge schritt, da war sein alter Gesichtsausdruck schon verloren gewesen. Er hatte sie hilflos und verzweifelt angesehen, wie ein Kind.

«Sag, dass es nicht alles gewesen ist! Es kann nicht alles gewesen sein. Das ist doch nicht möglich, so kurz, so kurz.»

Er machte eine hilflose Geste. Sie fasste seine Hand, die kalt vor Angst war, und zum ersten Mal wurde ihr bewusst, wie süchtig er am Leben hing.

«Die Operation war natürlich ein gewaltiger Einschnitt in seinem Leben. Er hat den Journalismus aufgegeben. Jetzt schreibt er an einem Essay, an einem Buch.»

Warum erzählte sie ihnen all diese Dinge? Die Jungen würde es kaum interessieren, und Antonio verlor seine Unbefangenheit.

«Du bewunderst deinen Vater, nicht wahr», sagte er ohne sie anzusehen und schnippte die Zigarettenkippe auf die Straße. «Meiner ist nichts, nichts Besonderes. Er arbeitet in der Werkstatt eines Freundes.»

Tanja fiel ihm ins Wort. Sie musste weiter von Sid

sprechen, als brauchte sie vor Antonio eine Rechtfertigung oder als könnte sie ihm ihre Liebe zu Sid erklären, die sie doch gleichzeitig verheimlichte.

«Wir hatten ein Einfamilienhaus am Waldrand. Man blickte in die Ebene, sah die Biegungen des Flusses, eine Landschaft, die meinen Vater an seine Jugendzeit erinnerte. Doch wir sind von dort weggezogen, als er aus dem Spital entlassen wurde, weg von meiner Mutter, und haben zusammen eine kleine Wohnung in der Stadt genommen.»

Plötzlich brach sie ab, erstarrte.

Sid hatte in einem Torbogen am Ende der Gasse gestanden und zu ihr herübergesehen, hatte sie vielleicht schon die ganze Zeit beobachtet. Er war bei ihrem ersten Blick sofort verschwunden, und wenn Tanja sich vielleicht auch nur eingebildet hatte, Sid zu sehen, so wurde ihr doch schlagartig bewusst: In Gesellschaft Antonios erfüllte sie genau das Muster, das Sid zu seinem letzten Schritt brauchte.

«Ich muss gehen», sagte sie unvermittelt.

7

Er hatte in der Bar am Campo eine Schachtel Zigaretten gekauft, die erste seit der Operation. Er zitterte vor Erregung, als er draußen im grellen Licht des Nachmittags die Zellophanhülle von der Packung streifte und zusammendrückte. Die Hände stellen ein Stück vergangener Persönlichkeit wieder her, dachte er. Sie waren feucht und kalt.

Er schob den Deckel hoch und zog die silbrige Folie

von den Filtern. Als er sich eine Zigarette anzündete, kamen ihm diese Geste, das anschließende rasche Inhalieren und das Ausströmenlassen des Rauches wie eine kultische Handlung vor. Sie beschwor seine frühere Existenz, brachte ihm gleichzeitig aber auch eine Enttäuschung. Die Zigarette hatte einen beißenden Geschmack, und ihr Rauch reizte ihn zum Husten.

Dennoch rauchte er weiter und trank Martini, der zäh und klebrig war, aber den Magen beruhigte und seine Unruhe dämpfte. Sid fühlte sich schlecht. Die Schmerzen waren dabei das Geringste. Der Gedanke an Tanja quälte ihn wie ein krankes Organ.

Er rang nach Atem, sein Mund stand offen, er hatte trockene, rissige Lippen. Das Licht stach in seine linke Hirnhälfte. Er kniff die Lider zusammen und versuchte mit dem Kopf auszuweichen. Es half nichts. Sein Arm sackte kraftlos von der Tischkante, und der Platz ergoss seinen glühenden Inhalt schräg in sein Auge, erstarrte in der Pupille zu Basalt, verwitterte und erstarb in einem Aschenregen. Und all das, spürte Sid, war nur wieder ein anderer Aggregatzustand des Gedankens an Tanja. Sie hatte den Typen getroffen und saß mit ihm in einem Lokal. Oder sie waren ans Meer gefahren, vielleicht auch nach San Gimigniano oder Volterra, in einem Sportcoupé mit dröhnenden Lautsprechern: *You will remember me, a kiss is not a kiss . . .*

Und er wartete, wartete, wartete.

Er wollte zu ihr laufen, sie umarmen: Hilf mir, ich kann nicht mehr, ich bin am Ende. Castiglione? Das war nicht in diesem Leben. Ich erinnere mich nicht daran, es hat keinen Platz neben dem Schmerz. Angst, Angst – ohne ein Ich, ohne einen Körper. Ich will Sportwagen fahren, jung sein, du sein. Ich will Täuschung: die Lasur von Leben über dem knochenharten Porzellan. Nur keine Bewusstheit mehr, kein Nachdenken. Nimm mir den Gedanken weg, der du selbst bist, der zu einem eigenen Wesen geworden ist – DU, DU, DU . . .

Sid schwitzte. Am Tisch neben dem Eingang saß ein älteres Ehepaar, Engländer, wie leicht zu erkennen war. Sie trug ein Hütchen auf dem angegrauten, ondulierten Haar. Er tat wohl irgendeinen Job, bei dem man festsaß und hängende Schultern bekam. Sie fahren jedes Wochenende an die See, dachte Sid. Und sie tranken ihr Bier in synchronen Bewegungen und kleinen Schlucken, sahen schweigend auf den Platz. Selbst die Reise nach Italien würde ihre LEBENSGEWOHNHEITEN nicht berühren – und das Wort löste sich aus seinem Sinngefüge, trieb auf einer Welle von Schmerzen, verband sich mit dem Gedanken an Tanja, zerfiel: LEBENS-WOHN-HEITEN –

Unverlierbar, wie etwas Unendliches, GEWOHNT IM LEBEN, AN LEBEN GEWÖHNT, an die Selbstverständlichkeit des warmen, geborgenen Lebens: eingelullt von den Wahnheiten, die man sich ERWOHNT hat, Jahre um Jahre, erwohnt zu einem Haus, zu einer Arbeitsstelle, ZU LEBENS-GEWONNEN-HEITEN . . .

Und während Sid dem Wort durch die Irrungen seines Gehirns nachjagte, wobei er einen stechenden Neid auf das englische Ehepaar verspürte, sah er sie . . .

Er sah Tanja! Einen Augenblick nur. Drüben beim Hauptzugang zum Campo. Sie ging vorüber und lachte, laut und fröhlich, und sie sah nicht zu ihm her. Nicht einen einzigen, kurzen Blick gönnte sie ihm! Nein, sie sah nicht her. Darin lag die ganze Verurteilung seines Daseins, die mit der Krankheit begonnen hatte: Sie sah nicht her, weil er verworfen war und immer von neuem verworfen wurde. Stets hatten die andern das Recht auf ihrer Seite, das englische Ehepaar in seiner Zufriedenheit, Tanja, die lachte und mit dem Typen im offenen Sportwagen nach San Gimigniano fuhr. Sie alle verfügten über ihr Leben wie über ein unverbrüchliches Eigentum, genossen es und waren damit im Recht. Nur er, Sid, war schuldig. Was immer er tat, er wurde in Schuld verstrickt, selbst da noch, wo ihm – wie vor zwei Tagen – die Befreiung gelungen war.

Er konnte nichts tun, nichts sagen, sich nicht bewegen.

Tanja aber lachte, und sie sah nicht einmal her: Sie litt nicht, sie hatte keine Angst, sie verlor nie. Ihre Zukunft hieß Freunde, Familie, Reisen – und viele Sommer mit immer mehr von diesem irisierenden Schimmer, der das Dasein so überraschend machte, es mit Farbe und Glanz überzog ...

Sie sah einfach nicht her, sie beachtete ihn nicht, weil sie jung war und weil sie besaß, was er nie besessen hatte und dennoch beständig verlor: dieses Unbegreifliche. LEBENS-WONNE-HEITEN.

Sid saß regungslos und nach vorne gebeugt an dem Tischchen, seinem Beobachtungsposten. Schlaff hing sein Arm von der Schulter herab. Er starrte an dem Glas vorbei auf die matte, verwaschene Farbe des Tisches, irrte den Gedankengängen nach, die ins Innere, in die wachsende Zerstörung führten.

Hass. Er war das, was ihm blieb. Gegenleben. Gegenlasur. Und er würde sie wegschaben, in Nächten, Träumen, Fantasien.

Er hasste Tanja – und darum hatte er dieses Stück Eisen, dieses umständliche Ding gekauft, das sich nie veränderte ...

... und war es Zufall oder Ironie, ausgerechnet bei der Coltelleria, der Messerschmiede, zu der ihm der alte Mann im Waffengeschäft den Weg gewiesen hatte und wo er ein Fleischmesser besorgen wollte, ausgerechnet am Croce del Travaglio stand Tanja (oder sieht er sie nur stehen: Was ist der Unterschied? Gibt es einen? Er kann es nicht entscheiden), blieb sie stehen, als könne sie wählen. Nach kurzem Zögern wandte sie sich nach den Banchi di Sopra. Er versteckte sich hinter einem Pfeiler der Loggia di Mercanzia, drückte sich an das schmiedeeiserne Gitter. In seiner Tasche trug er das unveränderliche Ding, das Eisending, das Gitterding. Gegenfleisch ... Und Tanja hatte es nicht eilig. Sie blieb des Öfteren vor Auslagen stehen, selbstvergessen, gefangen in Begehrlichkeit, ohne einen Gedanken daran, dass sie beobachtet oder verfolgt werden könnte. Wieder betrat sie die Schuhboutique, in der sie gestern die Sandaletten gekauft hatten. Sie schlenderte durch den gewölbeartigen Laden, wandte sich an die Verkäuferin, die an der Kasse stand, aufblickte und mit rot geschminktem Mund sprach. Tanja lächelte, doch ihr Interesse war erloschen, sie wahrte bloß den Schein, betrachtete die Gürtel. In wenigen Augenblicken würde sie das Geschäft verlassen. Da! Da war sie auch schon, ging die Banchi di Sopra weiter hinauf, bog plötzlich in eine Gasse und war verschwunden.

Verschwunden in einer Gasse oder ist es ein Gang? Ein Gedankengang? Hat sich verirrt in den Windungen der grauen Masse, der Hemisphären? Labyrinth, das ist es, das ist ein Beweis: die innerste Kammer der Zerstörung – und Tanja ist verschwunden ...

DER TYP: *seine Wohnung, dahin will sie gehen, da muss sie sein, Vicolo Rinuccini. Ich muss sie finden, ich muss Tanja wiederfinden. Doch die Gasse ist leer.* ZÜRICH VERSICHERUNG. *Schilder und Glocken am Rahmen einer schweren Holztür. Die Schritte hallen, hämmern in den Schläfen, rechts rutscht die Gasse ab, führt direkt zum Campo.* ALESSANDRO MANZONI*: gelb leuchtend, dazu der Geruch von überreifen Melonen, in den vom Gaumensegel her ein Geschmack nach Spezereien kriecht. Zurück, hinauf zum Wohnturm: die grün-weißen Jalousien sind wie ein Flimmern hinter den Augendeckeln.* ROBERTO. *Selma sitzt in der Ecke vor der Pizzeria.* ROBERTO *– so hat das Lokal damals geheißen. Vielleicht heißt* DER TYP *so. Weiß nicht, keine Zeit für Vergangenheit, weiter durch die Gasse, durch die Gänge ...*

Gedankengänge?

Vielleicht ist Tanja in dem Haus mit den Schildern und Glocken, bei Roberto, der lächelnd und mit gespreizten Beinen dasitzt und sagt: DEIN VATER *– nichts mehr von* WIR *...*

Unerträglich! Nein, nicht, nicht!

Doch da trat Tanja auf die Piazza Tolomei, schlenderte auf die Mitte des Platzes zu. Warum blieb sie stehen? Hatte er sie angehalten? Sie drehte sich um, sah durch ihn hindurch, als wäre er nicht vorhanden. Ihr Gesicht, blass und flächig, leicht zur Seite geneigt, das dunkle Haar, das seitlich über ihr Gesicht fällt, seltsame Asymmetrie, das eine Auge größer als das andere, die Brauen nach außen hin schmal und abfallend, der Mund kindlich, die Lippen geschürzt und aufgeworfen. Das war die Fotografie, die sie ihm vor der Operation gegeben hatte, das Bild, das jetzt zerfloss. Die Züge lösten sich auf, wurden zu einem einzigen grauen Fleck. Aussichtslos! Er konnte nichts tun. Vorn an der Piazza

Tolomei, an das Heck seines Wagens gelehnt, stand ein Poliziotto, die nackten Arme verschränkt, die Pistolentasche am Gurt. Tanja brauchte nur zu ihm hinzugehen oder sich auf die Treppe vor der Kirche zu all den andern Jugendlichen zu setzen. Sie war sicher. Er hatte nicht die geringste Chance. Sie kann mich verhöhnen.

Und doch machte Tanja weder das eine noch das andere, sondern sie tat etwas Unvorgesehenes, Überraschendes: Sie floh, rannte quer über den Platz und verschwand in einer Gasse neben der Chiesa di S. Cristofero – in einer unbelebten Gasse, in der es weder Zeugen noch Hilfe geben würde.

Vielleicht will sie mich sprechen, allein, ohne Zuschauer?

Sie ist in eine Falle gegangen. Ich brauche mich nicht zu beeilen. Ich werde ganz langsam über den Platz gehen, ohne die Aufmerksamkeit des Polizisten zu erregen: Sie entkommt mir nicht, ich kenne die Gasse von früher, von meinem Besuch mit Selma. Wir sind dort durchgegangen, um zur Kirche S. Maria di Provenzano zu gelangen. Und Tanja wird mich erwarten, die Arme ausgebreitet, mit geweiteten, flehenden Augen. Doch die Straße ist leer. Sie ist nicht mehr als eine Hülle aus Zellophan, die knistert, wenn man sie zusammendrückt.

Sid brauchte seine ganze Konzentration, um eine Zigarette aus dem Päckchen zu ziehen und sie anzuzünden.

Halt! Da war es: ein Fetzen Erinnerung. Doch er konnte ihn nicht festhalten. *Und wieder bleibt nur die knisternde Hülle zurück. Die Gasse wankt in der Hitze. Sie ist nichtvorhandene Tanja,* und das hatte er damals nicht gewusst, als er mit Selma hier gewesen war, hatte kein Bewusstsein davon gehabt, dass er später hier lauern würde ... Ja, Selma hatte etwas besichtigen wollen, sie hatte im Kunstführer nachgesehen, jetzt war die Erinnerung wieder da: die kleine Holztür hinter S. Cristofero.

Er musste durch den Torgang. Gedankengang? Kreuzgang! Schattig und dunkel, mit Fratzen in den Kapitellen und einem Geruch nach Feuchtigkeit. Der Kiesplatz in der Mitte, seine gleißende Helligkeit sticht ihm in die Augen. Dort drüben, zwischen den Kübeln mit Palmen, Oleander und Lorbeer musste Tanja sich verbergen.

Da! Sie stand an einer der Säulen, die Hände flach an die Steine gelegt. Über ihr war eine kleine, schiefe Rosette. Er hob die Beretta, zielte, Tanja hatte keine Zukunft mehr. Ihr Leben, all ihre Hoffnungen waren nur Täuschungen gewesen! Sie musste sterben, nicht er. Das Leben, um das er sie beneidet hatte, war zu Ende – zu Ende gebracht durch ihn. Er brauchte keinen Neid, keine Sehnsucht, keine quälende Angst mehr zu haben. All dies würde sich in einer trockenen Explosion verbrauchen, in einem Knall, der ihn für immer erlöste. Ich brauche nur auf die verschreckte Gestalt an der Säule zu zielen und abzudrücken, Feuer!

«Feuer!»

Sid sah auf, blickte in ein unbekanntes Gesicht. Es war nicht Tanja.

«Feuer?», fragte er.

«Ja, ob Sie mir Feuer geben könnten?»

«Selbstverständlich, ja, ja, natürlich.»

Die Frau stand an dem Geländer, das seine Stufe von der tiefer gelegenen trennte. Sie sah zu ihm hoch: eine blonde Frau in seinem Alter, sommersprossig, mit gewelltem Haar und einem energischen, selbstbewussten Ausdruck, der ihn an Selma erinnerte.

«Ist Ihnen nicht wohl?», fragte sie und blickte ihn prüfend an.

«Doch, doch, danke. Es geht schon.»

«Sie sind sehr blass. Wohnen Sie hier? Soll ich Ihnen ein Taxi besorgen?»

«Machen Sie sich keine Umstände. Ich schaffe es schon.»

Die Frau nickte. Er sah, dass sie ihm nicht glaubte. Vielleicht hatte sie ihn nicht verstanden. Vielleicht hatte er gar nicht gesagt: «Ich schaffe es schon», vielleicht hatte er es nur gedacht.

Doch er musste über Wichtigeres nachdenken.

Selma. Was hatte sie mit diesem Gesicht zu tun? Und welche Verbindung bestand zwischen ihr und dem Päckchen, das er in der Tasche trug, das schwer, umständlich, unveränderlich war? Unverständlich? Ein Mann hatte es ihm verkauft. War er grauhaarig gewesen? Hatte er kurz geschnittenes Haar gehabt, ein aristokratisches Gesicht und einen Schnauzer?

Was tat er überhaupt hier, auf diesem Platz. Worauf wartete er?

LEBENSGEWOHNHEITEN.

Er besaß sie, er hatte sie sich erwohnt. Er musste nur zupacken, sie wieder ergreifen. Niemand konnte ihn hindern zum Hotel zu laufen und Selma anzurufen, ihr zu sagen, er käme nach Hause. Er ginge wieder in die Redaktion. Das ganze letzte Jahr, die Kündigung, sein Weggehen von zu Hause, das sei ein Irrtum gewesen, die wirkliche Krankheit! Jetzt aber ...

Kalter Schweiß brach ihm aus, stand ihm auf der Stirn und rann ihm über die Schläfen. Die Schmerzen waren wie zugedeckt, zugedeckt von einer Federdecke.

Vielleicht konnten sie in ihr Ferienhaus in den Bergen fahren, bis er wieder ganz in Form war? In den letzten zwei, drei Jahren vor dem «Schlag» waren sie nur selten und höchstens im Winter dort oben gewesen, für ein Wochenende zum Skifahren. Wenn er sich wieder ganz erholt hätte, würde er eine Stelle suchen, eine neue Herausforderung annehmen.

Sid wartete, bis die Frau ihren Tisch verlassen hatte, dann bezahlte er.

Er brauchte fast eine Stunde, um zurück zum Hotel zu finden. Im Bad trank er einen Schluck Wasser und wusch sich das Gesicht. Dann setzte er sich auf die Bettkante und hob den Telefonhörer ab. Er überlegte, dann wählte er langsam und konzentriert die Nummern.

Er lauschte, es knackte zweimal, dann kam ein fernes Surren. Sid zählte. Nach dem vierten Klingeln, er wollte eben auflegen, wurde abgenommen.

«Hallo?»

Es war Karin. Er hatte ihr nie beibringen können, sich mit ihrem Namen zu melden. Ihr Hallo klang wie früher, neugierig, wer von ihren unzähligen Freunden diesmal anrufen mochte.

«Hallo?»

Er hatte sich über die vielen Anrufe und die stundenlangen Gespräche oft geärgert.

«Hallo? Hallo!»

Sid hatte nicht den Mut zu antworten. Sie klang so fröhlich.

Langsam und umständlich legte er den Hörer auf.

8

Wieder das Klingeln der Türglocke, der Raum voller Papeterieartikel, die Frau am Schreibpult.

«Un momento», sagte sie und beachtete Tanja nicht weiter.

Sie hob den Telefonhörer ab und wählte. Sie sprach schnell und wandte sich, nachdem sie den Hörer aufgelegt hatte, wieder ihrem Kreuzworträtsel zu.

Tanja hatte die Bücher, die Hefte und Schreibutensilien schon einmal betrachtet – sie hatten für sie jetzt nicht mehr denselben Reiz. Die Farben erschienen ihr blasser, weniger faszinierend. Vielleicht lag es am Neonlicht. Sie konnte sich nicht erinnern, ob es am Mittag auch schon gebrannt hatte.

Würde Zanussi sie wiedererkennen?

Sie erinnerte sich noch genau an sein Haar, das die holzschnittartigen Züge seines Gesichts noch betonte. Er hatte an einem Tisch neben der Tür gesessen und in einem Buch gelesen. Er rauchte Craven A und hatte müde, vielleicht traurige Augen.

Bestimmt trug er einen Verband. Sie konnte sich nicht vorstellen, dass er nicht mindestens Schürfwunden davongetragen hatte. Würde er sich an sie erinnern? Und was würde sie ihm sagen?

Warum hatte sie sich keinen Vorwand ausgedacht? Selbst wenn er sie erkannte, womit sollte sie ihr Kommen erklären?

Sie hatte an ihre eigene Lüge geglaubt. Doch es stimmte nicht, dass Zanussi sie gebeten hatte, bei ihm vorbeizusehen. Und sie konnte ihm auch nicht gut den wirklichen Grund ihres Besuchs sagen.

Sollte sie nicht einfach den Laden verlassen, weglaufen, egal, was man von ihr dachte? Das Zusammentreffen mit Zanussi war ein Fehler. Das Opfer wiedersehen! Das war doch der gröbste und dilettantischste Fehler! Es verriet sie und Sids Tat. Und was wusste sie, wie Zanussi reagieren würde?

Fliehen, gleich jetzt, jetzt sofort!

Doch sie blieb wie angewurzelt stehen. Im Hintergrund ging eine Tür. Tanja wagte nicht, sich umzudrehen. Dann tat sie es doch und war vollends verwirrt.

«Sie wollen mich sprechen?»

«Sie sind –?»

«Ettore Zanussi.»

Vor Tanja stand ein Mann, wenig älter als sie selbst, in einem dunklen Anzug, das Haar nach hinten gekämmt, ein rundliches Gesicht, das in nichts an den Mann in Castiglione erinnerte.

«Verzeihen Sie», sagte Tanja, ohne ihre Verblüffung zu verbergen, «es muss ein Missverständnis sein.»

Der junge Mann gab seine förmliche Haltung auf, wechselte das Standbein und lächelte gönnerhaft. Er hatte einen weichen, verwöhnten Zug um den Mund.

«Wahrscheinlich wollten Sie meinen Vater sprechen.»

«Vielleicht.»

«Er heißt auch Ettore. Oder besser: hieß. Er ist tot.»

Tanja sah den jungen Mann starr an.

«Er ist vor drei Tagen gestorben. Ein Unfall.»

Sie konnte ihren Schreck nur mühsam verbergen.

«Darf ich Sie dennoch einen Augenblick sprechen?»

Er zuckte die Schultern. «Wenn Sie wollen. Es werden noch mehr junge Frauen wie Sie vorbeikommen.»

Er drehte sich zur Tür, und Tanja folgte ihm durch einen Flur. Am Ende lag ein gewölbeartiger Raum mit zwei tief in die Mauer eingelassenen Fenstern. Davor stand ein Schreibtisch und Tanja sah gebannt auf die Schachtel Craven A.

«Das Büro meines Vaters», sagte der junge Zanussi.

An den Wänden standen halbhohe Bücherschränke, aus schwarzem Holz mit Glastüren, darüber an der Wand hingen unzählige Bilder und Fotografien in schmalen Rahmen. Orientteppiche bedeckten den Boden, waren teilweise übereinander gelegt. Es roch nach Zigarettenrauch. Der Schreibtisch war mit einem Sammelsurium von Gegenständen überhäuft, das einen eigenwilligen, ruhigen, vielleicht auch einsamen Benutzer verriet. Die Atmosphäre des Raumes bestätigte Tanjas Einschätzung: Zanussi musste ein gebildeter, empfindsamer Mensch gewesen sein.

«Waren Sie seine Freundin?»

Er hatte Tanja einen Stuhl mit runder Lehne angeboten, von dem aus sie durch die Fenster auf einen Hinterhof sah.

«Ich habe ihn zusammen mit meinem Freund vor einigen Tagen in Castiglione kennen gelernt.»

Der junge Zanussi flegelte sich in den Sessel am Schreibtisch.

«Dann haben Sie meinen Vater nicht näher gekannt?»

«Nein.»

Der junge Zanussi nickte. Er schien erleichtert. Er streckte die Beine aus.

«Ich hatte keine sehr enge Beziehung zu meinem Vater.» Er sagte das in einem gelangweilten Ton. «Das Begräbnis ist morgen, auf dem Cimitero Laterino.»

Ein paar hundert Schritte von Sids Hotel entfernt, dachte Tanja.

Sie mochte den jungen Zanussi nicht. Sie mochte

nicht, wie er am Schreibtisch seines Vaters saß und von ihm sprach. Doch ihre Ablehnung machte es ihr nicht leichter, die Frage zu stellen, deretwegen sie ihm in das Kabinett gefolgt war.

«Wie ist Ihr Vater gestorben?»

«Ich sagte es Ihnen doch: ein Unfall. Er ist überfahren worden, außerhalb von Castiglione, in den Dünen. Es ist nicht ganz klar, wie. Das wird noch abgeklärt. Wahrscheinlich hat er im Freien geschlafen und ist von einem Wagen, der an der Küste abgestellt war, überfahren worden. Der Wagen soll mit großer Geschwindigkeit gestartet sein. Wenigstens meint das die Polizei.»

«Die Polizei?»

Sie spürte, wie sein Misstrauen zurückkehrte.

«Sie waren also doch bei ihm?»

«Nein, wie sollte ich. Ich wusste ja nicht einmal, dass Ihr Vater gestorben ist.»

Tanja war verwirrt. Der junge Zanussi schien sie weniger zu verdächtigen, etwas mit dem Tode seines Vaters zu tun zu haben, als seine Geliebte gewesen zu sein.

«Ich glaube, er ist mit irgendeinem Mädchen dort gewesen.»

Er sah sie höhnisch an. Vielleicht wollte er sich einfach nur rächen – an ihr, an den Frauen, an seinem Vater. Vielleicht stellte er ihr auch eine Falle und hoffte, sie würde sich verraten. Sie schwieg, und nach einer Weile, in der es still im Zimmer gewesen war, sagte der junge Zanussi: «Er hat noch versucht, Hilfe zu finden. Er ist bis zum Weg zurückgekrochen. Dort ist er dann an inneren Verletzungen verblutet, im Morgengrauen.»

Da waren wir in den Bergen und haben unter freiem Himmel geschlafen, dachte Tanja.

«Gegen halb neun wurde er von Campern gefunden, Holländern, die zum Strand wollten.»

Sie hatten getötet. Sid hatte einen Mord begangen. Es war also doch wahr. Es gab kein Zurück mehr ...

«Wo ist Ihr Freund?», fragte Zanussi und tat so, als interessiere ihn die Frage nicht sonderlich. «Ist er in Siena?»

«Ja. Im Hotel. Er ist krank.»

Zanussi spielte wieder den Gönnerhaften.

«Mir ist es egal, verstehen Sie. Von mir aus braucht man den Fall nicht weiter zu untersuchen. Es war ein Unfall, okay.» Er machte eine Pause, sah Tanja nachdenklich an. «Ich habe meinen Vater gehasst. Er hat sich überhaupt nicht um uns gekümmert. Meine Mutter hat ihn verlassen, weil sie es mit ihm nicht mehr aushielt. Er war ein Langweiler, kein Sport, keine Vergnügungen, immer nur Bücher, studieren, schreiben. Und dann hat er es mit anderen Frauen getrieben, mit Frauen wie *dir*!»

Er nahm ein Bündel Papiere und warf es auf den Schreibtisch.

«Weißt du, was ich in den Stapeln hier gefunden habe? Eine Geschichte, eine Erzählung, an der er offenbar zuletzt geschrieben hat. Darin begeht ein Mann einen Mord, unbewusst, in dem Glauben, es sei Notwehr. Der Mann lebt in dauernder Angst, verlassen zu werden. Er ist krank vor Eifersucht. Bis er im Wahn tötet.» Er lächelte. «Meine Mutter hat meinen Vater verlassen.»

Zanussi spielte mit einem Brieföffner, den er vom Schreibtisch nahm, einem verzierten Stück Schildpatt.

«Obwohl er sein Leben weiterführte, als wäre nichts geschehen, hat er die Trennung nie verwunden. Das hat mir seine Erzählung gezeigt. Ich lese nicht gern, aber die hundert Seiten habe ich verschlungen.»

Er klemmte die Spitze des Brieföffners mit dem Daumen auf der Schreibtischkante fest und ließ den Griff vibrieren.

«Er hat vor allem in den letzten zwei Monaten gelitten. Seitdem lebt meine Mutter nämlich mit einem Freund zusammen.» Das Lächeln verschwand und machte einem gekränkten Ausdruck Platz. «Einem Stronzo, der einen Sportwagen fährt und eine Wohnung in Florenz hat.»

Er hieb mit dem Brieföffner aufs Pult. Das feine Schildpatt zerbrach. Er hatte Tränen in den Augen. Doch er weinte nicht um seinen Vater.

«Das hast du nicht gewusst, wie? Vielleicht hättest du es dann nicht mit meinem Vater in den Dünen getrieben. Du warst bloß ein billiger Ersatz für Mama.»

Tanja floh, sie lief durch den Gang und aus dem Laden hinaus auf die Straße. Erst als sie sich im Strom der Leute sicher fühlte, blieb sie stehen. Dann kehrte sie um.

Sie musste diese Erzählung lesen.

9

«Sì, sì, va bene, naturalmente . . .»

Der Tresen hatte die Form eines gestreckten S und dahinter bewegte sich der Empfangschef wie auf einer Bühne.

Spätnachmittag. Eine ruhige Zeit. Die Gäste waren ausgegangen und zum Umkleiden für den Abend noch nicht zurückgekommen.

«Ma di certo.»

Er sortierte die Post, die eben gebracht worden war, steckte Kuverts und Zeitungen in die Fächer und unterhielt sich beiläufig mit dem Postboten, der am Tresen lehnte, die Mütze im Nacken.

«Possibile . . ., c'è un altro punto di vista.»

Der Laufbursche lehnte an der Tür und sah auf die Straße hinaus.

«Un punto di vista più generale . . .»

Und wie zur Bestätigung glitt der prüfende Blick zwischen Tür, Fenster und dem Postboten hin und her.

«Dunque: . . .»

Das Telefon läutete und während ein Augenblick lang alles wie angehalten schien, war die Siesta plötzlich beendet.

«Hotel Athena.»

Er beugte sich über den Telefonhörer und rückte nervös an seiner Brille.

«Entschuldigen Sie, Signora, es tut mir Leid, ich kann Sie nicht verbinden.»

Er beachtete weder den Postboten, der seine Tasche aufnahm und mit einem Gruß davonging, noch den Laufburschen, der die Gelegenheit nutzte und durch die Tür auf die Straße hinausschlüpfte.

«Signor Peters ist ausgezogen.»

Er verbeugte sich zweimal und nickte.

«Er hat heute Nachmittag die Rechnung bezahlt. Nein, eine Adresse hat er nicht hinterlassen. Tut mir Leid. Ich kann Ihnen leider nicht weiterhelfen. Selbstverständlich.»

Schon im Begriff aufzulegen, riss er den Hörer nochmals ans Ohr.

«Signora! Signor Peters' Wagen steht noch in der Garage. Wir wären Ihnen dankbar, wenn Sie den Platz so bald als möglich freigeben könnten. Wir brauchen ihn für unsere Gäste.»

Er lauschte, nickte.

«Seien Sie unbesorgt.»

Dann legte er auf. Stille. Er war allein.

10

Das *Papei* lag am Marktplatz, hinter dem Palazzo Publico, in der zum Vicolo Salvatore hin gelegenen Häuserzeile. Unter Sonnenschirmen waren zwischen zwei Reihen Buchsbäumen Tische gedeckt.

Es war noch früh am Abend. An einem der mittleren Tische saß eine Familie, gleich neben dem Eingang saßen drei ältere Herren in Nadelstreifenanzügen bei ihren Vorspeisen. Sonst waren die Tischreihen unter den Glühlampen frei. Sie setzten sich in die Ecke zwischen Hauswand und Buchsbäumen.

«Wo ist denn dein Vater?», fragte Antonio.

«Ich weiß nicht. Ich mache mir Sorgen. Ich habe ihn den ganzen Tag nicht gesehen.»

Der schnauzbärtige Kellner trat in steifleinener Schürze zu ihnen und ratterte die Namen der «wunderbaren, hervorragenden, exquisiten, exzellenten Antipasti» herunter. Antonio hörte mit Kennermine zu. Er war stolz auf Tanja, er führte sie vor, und der Kellner kannte sein Metier. Er empfahl eine toskanische Spezialität, «per la Signorina»: geröstetes Brot mit einer Paste aus gebratener Milz und zerriebenen Kapern. Dazu einen Wein, der zwar nicht auf der Karte stand, dafür aber der beste sei.

Antonio erzählte, während sie aßen, von der Pizzeria, in der er in London gearbeitet hatte, von seinem Chef, der jede Woche einmal in Italien angerufen habe, um sich anschließend aus Heimweh zu betrinken.

Der Kellner brachte eine Platte und hielt sie Tanja hin: Penne, Spaghettini, Gnocchi, Fettucini, Farfalle, Macaroni, Ravioli, Tortelloni.

«Aus Hartweizenmehl, kann ich sehr empfehlen. Ravioli sind gut, aber nicht hausgemacht», und er wiederholte mit betonter Ernsthaftigkeit, während sich die Falten oberhalb der Nasenwurzel vertieften: «Buono, ma non fatto in casa!»

Die Kerze brannte und um die nackte Birne schwirrten die Nachtfalter. Allmählich waren alle Tische besetzt. Nur wenige Touristen fanden den Weg hierher, auf die Rückseite des Palazzo Pubblico, es waren vor allem Einheimische, die im *Papei* zu Abend aßen.

Nach dem Anruf im *Athena* hatte sie Sid gesucht. Er musste noch in Siena sein, der Wagen stünde sonst nicht mehr in der Hotelgarage. Weshalb war er ausgezogen? Was hatte er vor?

Wollte er sie in die Irre führen?

Er konnte nicht damit rechnen, dass sie im Hotel anrief. Es musste einen anderen Grund geben, aber welchen?

Beim Zugang zum Campo hatte sie ihre Schritte verlangsamt. Etwas warnte sie: das Gefühl der Bedrohung, wie sie es in der Nacht empfunden hatte, als sie erwacht war und das Licht unter der Badezimmertür entdeckt hatte. Sie blieb stehen, dem Platz zugewandt, der weit und belebt in der Abendsonne lag.

Die Zeiger auf dem Zifferblatt der Torre del Mangia rückten gegen halb sieben vor. Gleich würden sie einen Zeitpunkt anzeigen, an dem endlich geschähe, was sie längst fürchtete und doch nicht benennen konnte. Jetzt oder jetzt oder jetzt ...

Sie stieg die Stufen zum Campo hinab.

Er lässt mich diesen Gang tun, dachte sie, weil es für mich keinen Ausweg, kein Entrinnen gibt.

Ihr Puls schlug rasch und hart, er pochte in ihrem Hals, während sie um den Platz schritt, ausgeliefert.

Doch es ist kein Platz, es ist die rote, ausgestreckte Zunge des Wasserschluckers, der vor dem Palazzo Pubblico hockt, klein und unbeachtet. In seinem Schlund enden die grauen Steinrinnen: dort, wo es in die Unterwelt hinabgeht.

Und sie war wieder beim Fonte Gaia angelangt, als jemand eine Hand auf ihre Schulter legte.

«Gehen wir essen? Ich lade dich ein.»

Und jetzt bestellte Antonio als *Secondo* Fleisch, dazu gebratene Steinpilze, die fantastisch schmeckten, und Tanja aß, obschon sie längst satt war. Er erzählte von dem Dorf in Umbrien, wo er aufgewachsen war, von seinen Eltern, die als Tagelöhner arbeiteten. Die Schule hatte er nicht abgeschlossen. Er musste schon früh mitverdienen, als Hilfsarbeiter in einer Spedition.

Eine trächtige Katze schlich hochbeinig um die Tische herum. Tanja hatte noch nie so hungrige Augen gesehen. Das schmutzig graue Tier huschte, den Schwanz steil aufgestellt, zwischen Stühlen und Tischen hindurch, lief hinüber zur Kolonnade der Markthalle, die lang gestreckt und dunkel in der Mitte des Platzes lag.

Tanja erstarrte.

«Was ist los?», fragte Antonio.

«Nichts, nichts», sagte sie hastig, unfähig sich zu rühren. Als sie wieder zu den Säulen hinübersah, war Sid verschwunden.

«Ist dir nicht gut?»

Auf dem Weg hierher war sie möglicherweise an ihm vorbeigegangen, mit Antonio, der den Arm um sie gelegt hatte!

Sie waren für Sid zu dem Liebespaar geworden, das er töten musste.

«Er ist nicht dein Vater, nicht wahr?»

Antonio tat ihr Leid. Sie sah seine Enttäuschung und die verletzte Eitelkeit.

«Er ist dein Mann?»

«Ich brauche deine Hilfe», sagte sie.

Antonio begleitete sie nach dem Essen zu ihrem Hotel. Sie wählten belebte Gassen. Tanja erzählte ihm von Sids Krankheit, ihrer Flucht aus dem Hotel und davon, dass sie sich bedroht fühlte.

«Er verfolgt mich und lauert mir auf. Er wird mir nie verzeihen, dass ich weggelaufen bin. Er wird versuchen, mich umzubringen.»

Im Hinterhof, vor dem Eingang des Hotels, versuchte Antonio sie zu küssen. Tanja wehrte sich nur schwach. Sie fand, sie sei ihm ein wenig Entgegenkommen schuldig. Sein Kuss war leidenschaftlich, aber er ließ sie kalt.

Er bedrängte sie, mit auf ihr Zimmer kommen zu dürfen.

«Solo per un momento!»

«Heute nicht. Ich kann nicht», sagte sie. «Aber ich möchte dich morgen sehen. Sagen wir um neun, drüben in der Cafeteria?»

Er versuchte wieder sie zu küssen. Dann wartete er

vor der Tür, bis sie ihm, den Schlüssel in der Hand, nochmals kurz zugelächelt hatte. Er überquerte den Hof und ging durch den tunnelartigen Gang zur Straße.

«Mannaggia», sagte er leise, dann traf ihn ein Schlag mit einem harten Gegenstand.

11

Sid musste die Pistole hochkriegen. Irgendwie. Mit der linken Hand würde er es nicht schaffen. Zudem schmerzte das Gelenk. Rechts hatte er keine Kraft. Nicht genügend, um die Hand hochzukriegen. Sie war taub, wie eingeschlafen. Und doch musste es gehen ... REAKTIONSSCHUSS ... Das Wort stimmte irgendwie nicht. Es hieß anders. Es hieß REAKTIONSSCHUSS. Aber darum ging es jetzt nicht. Nicht um das Wort. Es ging um das, was es falsch bezeichnete. Um ... EXPLOSION. Ja! Ja, ja, ja! EXPLOSION. AUFSPRENGEN ... Aufsprengen? Was war es, das er aufsprengen wollte? Egal, er musste die Hand hochkriegen. Es hieß auch nicht REAKTIONSENDE. Es hieß ... Halt, REAKTIONSENDE, das erinnerte ihn an früher, an die Zeitung. Doch darum ging es nicht, nicht um die Büroräume im vierten Stock. Das waren sie nicht, dort drüben zwischen den Mauern. Es ging darum, dass die linke Hand schmerzte. Das Handgelenk. Er hatte es sich verstaucht. Vielleicht nicht verstaucht. Er hatte geschlagen. Nach dem TYPEN, mit diesem kalten, schlüpfrigen Ding.

ASCHE. Der TYP war sofort ASCHE gewesen. Eine schmerzende, weiß glühende HELLE war durch den dumpfen Schlag ins Handgelenk gefahren und hatte den TYPEN als ASCHE zurückgelassen. Jetzt war die HELLE dort drüben. Rechteck, hochkant, im Keil zwischen schwarzen Mauern. Nicht Büroräume. Aber REAKTIONSSCHUSS, das war es. Zwischen schwarzen Gebäuden, die sich nach unten verbreiterten, war eine keilförmige Lücke und dahinter lag die HELLE, rechteckig. FENSTER, das war es. Und er musste den Durchgang aufsprengen, die sich schließende Lücke, die zusammenrückenden Mauern. EXPLOSION. Ja! Das Leben aufsprengen. Genau das. Das Leben aufsprengen. Sie durfte nicht hinter den Mauern verschwinden, im Leben verschwinden. Er musste die Hand hochkriegen. REAKTIONSSCHUSS. Er musste NICHT-SELMA ... hieß sie so? NICHT-SELMA? So hieß sie nicht. Sie hieß ... NICHT-SELMA. Ja, aber darum ging es nicht. Es ging um ... REDAKTIONSSCHLUSS? Es hatte nichts mit den Büros im vierten Stock zu tun. Es hatte nichts mit Zeitung zu tun. Vielleicht mit einem Artikel? War das ein Artikel, den er redigierte? ... Egal, er musste die Hand hochkriegen, mit dem kalten, schlüpfrigen Ding. Die HELLE war nicht Büro und er musste NICHT- SELMA ...

Jetzt wusste er es wieder genau: die TAT. Er brauchte die TAT. Den Willen, ein Ziel zu erreichen. Dann würde er befreien – befreit sein? Das war nicht zu unterscheiden. NICHT-SELMA befreien, aus der HELLE, wo sie weiterleben würde, ohne ihn. Ohne was? EXPLOSION ... Er musste die Hand hochkriegen. Irgendwie. Die Ausgabe wäre fertig, nur Papier und Druckerschwärze, greifbar, endgültig, REDAKTIONSSCHLUSS ... Er musste nur die Hand hochkriegen.

Ein trockener Knall. Ein feines Zischen wie ein Peitschenhieb, ein dumpfer Schlag, danach ein heulendes Verenden.

Eine Stimme: «Che cosa?»

Stille.

Tanja saß auf dem Bett. Sie war unwillkürlich zurückgewichen.

Vor ihr das geometrische Stück Nacht, warm, von erdiger Weichheit. Jetzt wieder das Klappern der Teller, die gedämpften Stimmen.

Sie hatte die Lamellenjalousien hochgezogen, um die Nachtluft einzulassen, hatte in ihrem weißen Bademantel am Fenster gestanden.

Gegenüber der dunkle Palazzo Salimbeni, davor das Dach des flacheren Hauses, umfasst von der Leere des Hinterhofs. Die Entlüftungsanlage war abgestellt gewesen. Versteckt hinter First und Kamin lag eine Dachterrasse. Der Widerschein einer Kerze hatte rot auf dem Gemäuer gelegen. Gedämpfte Stimmen, Tellerklappern.

Tanja hatte eben das Fenster schließen wollen.

Da war es geschehen, der Knall, das Heulen des Querschlägers und die Stille, in die hinein die Gewissheit wuchs: Sid hatte auf sie geschossen.

Tanja saß auf der Bettkante, reglos, erstarrt. Sie konnte keinen Gedanken fassen. Alles in ihr schien angehalten, in einer äußersten Anspannung, und sie wusste nicht, wie lange sie so dasaß, vielleicht Augenblicke, vielleicht Minuten, bis sie aus dem toten Punkt kippte und zu fallen begann, in eine wachsende Panik.

An der Tür klopfte es.

13

Das metallische Klirren der Pistole auf dem Pflaster. KLEPKLIRR- SCHRILLSCHRIM: Jetzt gibt es den Ausgang. Durch ihn gehe ich. Alles GETAN. Ich habe die Welt explodiert. Jetzt gehe ich hinaus, durch den Mund des KLEPKLIRR-SCHRILLSCHRIM. Es ist ein Gang. Gang? Es heißt nicht Gang. Egal, es heißt – Kanal? Das ist es! MENSCHENBACH. Und er hat viele Windungen. Zuinnerst einen Weiher? Teich? Was ist mit dem Teich? Egal, darum geht es nicht. Was ist zuinnerst?

14

«Signora? Da ist jemand, der Sie unbedingt sprechen muss.»

Die Stimme des Portiers, dann wieder Klopfen.

Die Klinke wurde mehrmals gedrückt. Jetzt knackte es im Schloss, die Tür öffnete sich einen Spalt weit. Tanja verstand nicht, wie das möglich war. Sie hatte doch zugesperrt.

«Ist alles in Ordnung?»

Antonio stand in der Tür, mit blutverschmierter Schläfe. Er kam herein, zwei, drei Schritte, blieb stehen.

Die Tür wurde hinter ihm zugezogen. Auf dem Gang entfernten sich die Schritte des Portiers.

«Es muss dein Mann gewesen sein», sagte Antonio. «Er hat mich niedergeschlagen. Dann habe ich den Schuss gehört.»

Tanja wandte sich ab, presste das Gesicht in die Kissen. Sie zitterte, schluchzte, spürte die Tröstungen und kam erst wieder zu sich, als Antonio neben ihr lag, ein feuchter, muskulöser Körper, atmend und schwer . . .

Jetzt habe ich Sid endgültig verlassen.

Er bliebe in einer Geschichte zurück, die nun nicht mehr die ihre war. Tot, aus ihrem Leben gestorben unter dem Gewicht Antonios, den sie nicht liebte.

Sie war aus der Gemeinsamkeit mit Sid herausgetreten, war zur gewohnten Nüchternheit zurückgekehrt. Sie sah die Dinge nicht mehr so, wie sie sind, wenn niemand hinsieht. Diese kleine Lücke im Dasein, durch die sich erst das Ungewöhnliche offenbart, war geschlossen.

Tanja lag unter der dünnen Decke, ohne ein Gefühl des Bedauerns, ohne Trauer. Sie wartete auf den Schlaf, aufs Vergessen.

Ein Riegel, der sich verschiebt.

Und Tanja ist in einer Stadt, in einer mittelalterlichen Stadt, aber es ist nicht Siena. Überall stehen Reste alter Mauern. Sie sind von künstlichem Licht angestrahlt und in einer hängt eine überlebensgroße Figur aus Holz, farbig bemalt: ein segnender Christus, und Tanja geht näher heran, um ihn zu betrachten, fährt mit der Rolltreppe zu ihm hoch. Sie sieht hinter die Maske, schaut durch den Mund hinaus. Da! Der Campo! Wie ein Fächer ist der Platz aufgespannt. Und dort steht Sid. Er winkt, ruft, will sie zurückholen auf die Zunge des Teufels, in dessen Rachen sie hockt, bereits gefangen, bereits verschlungen. Es ist dunkel und sie geht durch diese Dunkelheit, die zu einem neonbeleuchteten Gang wird. Nachtdienst. Im Stationszimmer sind ihre Kolleginnen, reden, trinken Kaffee: Maya, ihre Freundin, die sie vergessen hat, und Emmy, die so kindlich ist. Sieht die beiden hinter der Glasscheibe, ohne von ihnen bemerkt zu werden. Geht weiter, an den Türen entlang, auf denen Nummern stehen, fragt nach Zimmer 14-7, aber die Oberschwester schüttelt den Kopf. Neonbeleuchtete Gänge! Und Tanja geht und geht, ohne Bedauern, ohne ein Gefühl, geht und geht auf dem gebohnerten Korkboden an unzähligen Türen vorbei, hunderten, tausenden. Doch keine trägt die Nummer 14-7, und es sind immer die gleichen neonbeleuchteten Gänge ...

15

SCHI-TAK, SCHI-TAK, SCHI-TAK.

Er hinkt, zieht das Bein nach. SCHI-TAK. Mit der Linken stützt er sich ab. Die Hauswand ist rau und kalt. Das Gelenk schmerzt. DAGUERROTYPE. Daher kommen die Schmerzen. Es ist eine Verdichtung von Schatten gewesen. DAGUERROTYPE? Vielleicht SCHLAGSCHATTEN? Das ist es. Er hat zugeschlagen: Ein Feuer legte sich um sein Handgelenk. Dann rutschte die Verdichtung aus Schatten seitlich weg, verschwand in der rechten Seite, der Seite seiner Lähmung. Er erinnert sich nicht genau: Warum dieser Schatten? Wer oder was ist er gewesen? Es hat mit NICHT-SELMA zu tun. Ja, das ist es. Die DAGUERROTYPE kam durch die Mauer, die sich verengte, kam aus dem URMUND? War das der Name für die dunkle Öffnung? Kam heraus, und er hat zugeschlagen ...

Rau, rau die Mauer. Rau.

Dann REAKTIONSSCHUSS. Umbruch fertig, abgeschossen. ABGESCHOSSEN? Abgeschlossen. Das ist es: EXPLOSION abgeschlossen, Mauer aufgeschlossen.

KLEPKLIRR-SCHRILLSCHRIM. Er hat NICHT-SELMA befreit, ja, ja, befreit, das ist es: sich selbst und NICHT-SELMA. Und das ist ein Beweis: Die Mauer ist aufgeschlossen, und er geht durch das, was nicht MENSCHENBACH heißt, aber MENSCHENBACH ist – ausgetrocknet jetzt, leer, leer, jetzt leer ...

Sid schleppte sich durch die nächtlichen Gassen. Er hinkte, zog das Bein nach. Die Schmerzen kamen in Wellen, begannen im Kopf, liefen durch die rechte Körperhälfte und endeten im dumpfen, weichen Boden der Gasse.

MENSCHENBÄCHE! Vielleicht sind sie das. Aber sie heißen GEBURTGÄNGE. Nein, so heißen sie auch nicht, sie heißen GEBURTGÄNGE. Das ist es. Das ist das Wort, das er eben noch, oder ist es früher gewesen, das Wort, das er gesucht hat. Und irgendwo in diesen Gängen gibt es eine Kammer: GEBURTSHÖHLE vor dem URMUND. Und NICHT-SELMA. Wer ist sie? Selma? NICHT-SELMA wohnt dort, wohnt in der HINTERHÖHLE, hinter dem GEBURTSMUND, aus dem die DAGUERROTYPE gekommen ist – und er will dorthin, will wieder in die GEBURTSHÖHLE, WIEDERGEBURTSHÖHLE?

Sid war erschöpft. Er lehnte sich im Schein einer Straßenlampe an die Hausmauer. Er wollte schlafen und wusste nicht, dass das Hotel, in das er heute Nachmittag, nach dem Anruf nach Hause, geflohen war, nur ein paar Schritte entfernt lag. Er wusste nichts mehr von Siena, aber in seinem Blick setzten sich am Ende der Via S. Vigilio helle Streifen zu einer Treppe zusammen. Er versuchte dorthin zu gelangen in der unbestimmten Absicht, sich auf den Stufen hinzulegen: Die Treppe war ein erkennbares Muster und Sid zog das rechte Bein nach ... SCHI-TAK, SCHI-TAK, SCHI-TAK.

Es ist eine Treppe. Es sind aber auch Stufen – oder Jalousien? LAMELLENJALOUSIEN? Liegt hinter der Treppe das erleuchtete Rechteck? Vielleicht werden die Stufen hochgezogen und dann kommt – wer? Wie heißt sie? NICHT-SELMA. Sie wohnt in der GEBURTSHÖHLE? Ja, jetzt erinnert er sich – natürlich: die KAMMER im Innern der Gänge. Das ist es, und der Schatten ist aus dem URMUND gekommen. DAGUERROTYPE. Und jetzt ist der URMUND da drüben: die Öffnung, dunkel, schwarz ...

Sid wankte auf den gewölbten Durchgang zu, der von der Via S. Vigilio in den Castellare degli Ugurgieri führte, gelangte in den spitzwinkligen Innenhof, wo sich die Räume der *Contrada Priora della Civetta* befinden. Er legte sich auf eine Holzbank: erschöpft und glücklich. Er hatte es geschafft – was, wusste er nicht.

Die KAMMER.

Und er sah hinab, durch einen Häuserschacht hinab ins Bodenlose, in den Himmel hinab, in dessen Brunnentiefe die Sterne kristallisierten. Er versuchte sich zu erinnern und fand nichts.

Es ist vorbei. Aber was, was ist vorbei? Das kann doch nicht schon alles gewesen sein. Das kann doch nicht schon das ganze ... wie heißt es? NICHT-SELMA? ... gewesen sein. NICHT-SELMA? Wer oder was ist das? Das lässt sich nicht genau sagen. Seine Töchter gehören dazu, ja, sie sind auch NICHT-SELMA: NICHT-SELMA, die im nächsten Frühjahr mit dem Studium beginnen will, und NICHT-SELMA, die aus der Schule ausgestiegen ist und jobbt. Für NICHT-SELMA und NICHT-SELMA muss er durchhalten. Das ist er ihnen schuldig. Schuldig? Weshalb schuldig?

Und da tauchte plötzlich eine Erinnerung herauf, die Erinnerung an ein belangloses Ereignis, von dem er niemals geglaubt hätte, es sich gemerkt zu haben: Es war vor der Heirat mit Selma gewesen. Sie hatte einen zweiwöchigen Kurs in Jazzdance besucht. Er holte sie ab, und sie fuhren im Wagen auf der Landstraße. Selma erzählte vom Tanzunterricht, von den Abenden, den anderen Teilnehmern. Links von der Straße lag ein reifes Weizenfeld in flammendem Gelb. Auf der rechten Seite ein junger Wald eng gepflanzter Tannen, und die Straße lief schnurgerade in den Horizont. Er hatte Selma zugehört, wie sie naiv und begeistert von den zwei Wochen erzählte, und obwohl ihre Worte nur harmlose Erlebnisse wiedergaben, verletzten sie ihn. Sie machten ihm auf unerklärliche Weise deutlich, dass er immer und ewig auf dieser Straße entlangfahren musste, auf einer Trennlinie, auf der Grenze zwischen den Dingen.

Und die Erinnerung verwandelte sich in einen Traum: Er sah, dass Selmas Worte und Gesten einen Geiger riefen, einen jungen, dunkelhaarigen Mann, der durch das Weizenfeld ging, auf der Geige spielte und lächelte. Es war dieser Geiger, der ihm alles nehmen wollte: Selma, seine Jugend, seine Pläne, das Leben. Er war es, der ihn auf die Trennlinie bannte, auf die gerade Straße, die dem Horizont entgegenlief.

Und die Erinnerung und der Traum verschmolzen zu einem Bild, einem großen, leuchtenden Kreis. In diesem Kreis war die einstmals gerade Straße zum Labyrinth gekrümmt und eingefaltet, mit unzähligen Windungen und toten Enden. Zuinnerst war eine Kammer . . . Und Sid wusste, dieses Bild bedeutete das, was er nicht verstand. Doch da zerbrach es auch schon und in seiner rechten Körperhälfte drängte eine Masse mit ungeheurer Wucht nach oben, überflutete sein Gehirn, riss Wörter, Gedankenfetzen, Bildreste in einem Strudel mit sich hinab.

Die Namen seiner Töchter! Sie sind die Bannformeln. Sie sind es schon damals gewesen! Er muss sie finden! Jetzt! Jetzt ...

Sid erbrach sich, er fiel von der Bank. Er atmete heftig, lag auf den kalten Pflastersteinen. Doch in ihm glomm ein Stück Bewusstsein auf: Sie heißen NICHT-SELMA. Ja, so heißen sie. Sie haben ihn geschützt, sie wurden gegen den Geiger gezeugt: NICHT-SELMA. Doch dann ist er wiedergekommen, durch die Aschenlandschaft, über die Düne, im Heulen des Windes. Er hat ihm die andere, die neue NICHT-SELMA wegnehmen wollen. Oder heißt sie NICHT so? Heißt sie NICHT-NICHT-SELMA. Sie heißt NICHT NICHT-NICHT SELMA. NICHT? NEIN NICHT.

Und dann überkam ihn ein großes Triumphgefühl.

Er wusste wieder ihren Namen und dieser Name war die Losung, durch die sich das Geheimnis seines Lebens erschloss.

Sie heißt NICHT-NICHT-NICHT ... NICHTNICHT-NICHTNICHTNICHT ... NICHT-NICHT ... NICHT-NICHT ... NICHTNICHTNICHTNICHTNICHTNICHT ...

16

Licht drang durch die Lamellen, die Mauersegler sirrten und das Gebläse der Klimaanlage brummte dumpf und gleichmäßig.

Tanja drehte sich auf den Rücken, zog das Betttuch weg. Sie schwitzte. Es musste schon spät sein.

Antonio war bereits vor sieben gegangen. Sie hatte unter halb geöffneten Lidern zugesehen, wie er sich im

Halbdunkel ankleidete, hastig, darauf bedacht, schnell wegzukommen. Er hatte einen Blick zu ihr hinübergeworfen, bevor er verschwunden war.

Tanja zögerte, ehe sie die Jalousie hochzog. Alles war unverändert: der Palazzo Salimbeni, das Haus mit der verborgenen Dachterrasse, der kleine Garten, die Dinge sahen aus, wie sie immer aussahen.

Nach dem Duschen ging sie hinüber ins Café. Der Junge an der Espressomaschine grüßte sie wie eine alte Bekannte.

«Cappuccino?» Hinter den Brillengläsern zog er die Brauen hoch.

«Cappuccino!»

Es war kurz nach zehn, die Bar gut besucht. Bankangestellte legten ihre Münzen klimpernd auf die Theke und tranken hastig ihren Espresso.

Tanja bestellte zwei Brioches, blätterte in einer Zeitung und nahm zwischen zwei Bissen mit spitzen Lippen einen Schluck Kaffee.

Sie sah nach der Uhr, legte ganz unvermittelt die Zeitung weg und sprang vom Hocker, als wäre auch sie Bankangestellte und hätte nur zehn Minuten Pause. Mit einem Lächeln und einem flüchtigen Kopfnicken durchquerte sie den Raum und trat auf die Gasse.

Von der Piazza Gramsci strömten die Tagesausflügler herein. Tanja schloss sich ihnen an, ließ sich mitziehen, stadteinwärts, ohne einen Blick in die Auslagen der Geschäfte zu werfen.

Durch den Vicolo di S. Pietro stieg sie hinab zum Campo. Der Himmel war leicht bewölkt. In den Restaurants wurde für die Mittagszeit gedeckt und unter den Sonnenschirmen der Cafés saßen Touristen, vor sich auf den Tischen die Fotoapparate und Reiseführer, und tranken Aperitifs.

Tanja spazierte zum Hauptzugang des Campo. Sie sah Antonio, der an einem der Steinpfosten lehnte und mit verschränkten Armen die Leute betrachtete.

Sie stieg die Stufen hinauf und wandte sich nach links in die Via di Città.

CARTOLERIA – Ettore Zanussi.

Wieder ertönte die Türglocke, und die Angestellte am Schreibpult hob den Kopf. Sie lächelte, diesmal stand sie sogar auf. «Es ist da. Herr Zanussi hat mir gesagt, Sie würden es heute abholen.»

Sie reichte ihr ein Päckchen, eingeschlagen in eines der schönen Papiere: eine Fotokopie des Manuskripts.

Auf einer Ecke stand nicht sehr leserlich mit Filzschrift geschrieben: «Behalten Sie meinen Vater in guter Erinnerung. Ich kann es nicht.»

Als sie auf die Gasse hinaustrat, fiel ihr ein, dass an diesem Nachmittag Ettore Zanussi begraben werden würde. Eine Kerze! Ja, eine Kerze wollte sie zu seinem Andenken im Dom vor einem der Altäre anzünden. Es war das Mindeste, was sie tun konnte.

Sie ging die Gasse hinauf zum Dom. Diesmal hatte der Türhüter nichts gegen ihre Kleidung einzuwenden. Er sah sie nicht einmal an.

Sie schritt zwischen den Säulen hindurch über die eingelegten Bodenbilder und wendete den Blick zu einem Altar, vor dem Kerzen brannten.

Da sah sie Sid. Er saß im Seitenschiff an der Wand. Der Kopf hing ihm vornübergefallen zwischen den Schultern. Die linke Hand klammerte sich an die Kante der Steinbank.

Sie setzte sich neben ihn hin, ohne ihn zu berühren.

«Sid!»

Er hob ganz wenig den Kopf.

«Nicht?», fragte er tonlos. «Nichtnicht?»

Und um sie her war das an- und abschwellende Gemurmel vieler Stimmen.

Epilog

Castiglione, den 28. Oktober

Lieber Freund!

Erinnerst du dich? «Ich liebe das Meer im Dezember, wenn die Fremden weg sind; aber ich liebe es natürlich ohne Überschwang.» Der Nachsatz verrät den Meister: Maupassant. An ihn und seine Novelle «Strandgut» werde ich hier in diesem Badeort erinnert. Zwar ist es (Gott sei Dank!) noch lange nicht Dezember, es sind bei weitem nicht alle Feriengäste abgereist, und doch wird spürbar, wie mit dem milderen Licht, der Kühle und den längeren Nächten die Einsamkeit zurückkehrt. Das Hotel am Hafen, in dem ich wohne, ist zur Hälfte leer, der kleine Vergnügungspark am anderen Ufer, wo in Sommernächten die farbigen Lichter leuchten und sich im Wasser spiegeln, wo Musik plärrt und die Menschen sich drängen, ist geschlossen, feste Einrichtungen sind mit schwerem, schmutzigem Segeltuch verpackt. Dafür blinken die Lichter an den Masten der Fischerboote, wenn sie abends zum Fang auslaufen, und ich höre morgens, wenn es noch dunkel ist, das Tuckern der Motoren, wie sie vom Meer hereinkommen, aus Nebel und Kälte, und unter der warmen Decke ist mir, als hätte ich einen salzigen Geschmack im Mund.

Es ist, als kehrte mit der Einsamkeit auch etwas von

dem alten, angestammten Leben des Ortes zurück – und wir Fremden werden noch fremder, Zurückgelassene einer anderen Zeit, einer Welle, die über den Ort hinweggegangen ist, sich zurückzieht und einzelne übrig lässt: Strandgut –.

Ganz zähle ich mich allerdings nicht dazu, schließlich bin ich beruflich hier, und meine Arbeit über die Maremma macht überraschende Fortschritte: Ich habe entdeckt, dass sich einige Sumpfpflanzen trotz Melioration halten, also an trockeneren Standorten weitergedeihen, ein Phänomen, das sich mir noch nicht erschlossen hat. Doch davon ein andermal mehr, wenn ich Genaueres weiß.

Es sind unglückliche Menschen, die hier am Ende einer Saison hängen bleiben, wenn schon alle Welt abgereist ist. Zwar geben sie sich den Anschein, Auserwählte zu sein, die keine kleinlichen Pflichten nach Hause rufen, und sie bemühen sich, vor sich selbst und vor den anderen ihr Ansehen als Gast zu retten. Sie sitzen auf dem kleinen Boulevard, der mit den kürzeren Tagen seine Schäbigkeit mehr und mehr offenbart, und stellen ihren Müßiggang zur Schau, der nur schlecht verhüllte Öde ist. Es sind Langweiler, aufdringliche Schwätzer, die keine Gelegenheit versäumen, ihre Lebensphilosophie zum Besten zu geben – und die ist so grau wie der Nebel, der allmorgendlich vom Meer herüberkommt und die alte Aragoneser Burg bis zum Mittag belagert.

Zu diesem Strandgut gehört auch ein Paar, das in meinem Hotel wohnt und das ich seit einigen Tagen beobachte. Du wirst mit Recht einwenden, dass ich Besseres zu tun hätte. Aber du weißt um meine Geschichte mit G. vor zwei Jahren – nur deshalb habe ich mich mit dem Paar zu beschäftigen begonnen. Du wirst sehen, weshalb: Ich hielt sie für seine Tochter! Was mir aber nach längerer Beobachtung unwahrscheinlich vorkam. Eine Nachfrage bei Emilio, dem Portier, bestätigte mir, dass es sich um ein Paar handelt.

Ihn schätze ich auf Mitte vierzig, künstlerischer Beruf, sie zwanzig! (G. war damals neunzehn!) Ein hübsches Mädchen, unverbraucht und doch gebrochen: eine seltsame, mir reizend erscheinende Mischung, weil ich dahinter einen recht schwierigen Lebensweg vermute.

Außer dem großen Altersunterschied, der schon auffallend genug ist, gibt es etwas, das die Gegensätzlichkeit der beiden noch betont: Er sitzt mit einer rechtsseitigen Lähmung im Rollstuhl und weiß nur gerade noch ein Wort: Nicht.

Was kann ein Mädchen dazu bringen, bei einem Moribundus zu bleiben? Ein Leben, das erst beginnt, verbunden mit einem, das schon teilweise aufgehört hat? Anziehung der Gegensätze? – Ich habe zwar eine absonderliche Fantasie, aber zu solchen Abwegigkeiten hat sie keine Neigung.

Also das Naheliegende: Geld. Bloß sieht es nicht danach aus. Sie scheinen zwar genügend, aber nicht wirklich reichlich zu haben. Zu wenig, um ein Leben zu kaufen.

Was also sonst?

Jeden Morgen kommen sie Punkt neun Uhr dreißig in den Speisesaal. Man kann die Uhr danach richten. Sie schiebt ihn zu seinem Platz am Fenster, von wo man auf den Hafen am Kanal und auf die kleine Promenade mit den jetzt leeren Bänken blickt. Sie schneidet die Brötchen, gießt Kaffee ein (sie haben eine besonders große Kanne) und spricht sottovoce. Er sagt «nicht» und nickt mit dem Kopf, oder sagt «nichtnicht» und schüttelt ihn. Sie liest ihm aus der Zeitung vor. Post erhalten sie nie. Nachdem sie gefrühstückt haben, faltet sie die Servietten zusammen, steckt sie in die Umschläge, ordnet die Zeitung und schiebt ihn dann aus dem Speisesaal, indem sie schüchtern einmal nach rechts und einmal nach links lächelt.

Oft sitzen sie in den Nachmittagsstunden in der Hotelhalle, nur selten gehen sie aus. Ein einziges Mal habe ich das Mädchen alleine angetroffen, sie kam von der Bank. Ihr Tageslauf scheint fest geregelt zu sein, ohne Ausnahmen und ohne Abwechslung. Es ist traurig, das unterschiedliche Paar zu sehen.

Ein Detail muss ich hinzufügen: So unklar mir ist, weshalb die beiden beieinander sind, was sie verbindet und aneinander schmiedet, das Mädchen behandelt den kranken Mann wie ein Ding, wie einen Besitz, der ihr unabänderlich gehört. Sie hütet ihn mit einer unnatürlichen Eifersucht. Niemand darf in seine Nähe, niemand ihr behilflich sein. So als hätte sie seine Pflege für die verbleibenden Wochen, vielleicht auch Monate, zum einzigen Lebensinhalt gemacht, als trüge sie damit eine Schuld ab, oder, der Gedanke kam mir vor ein paar Tagen, rächte sich auf fürchterliche Weise an ihm. Ich weiß es nicht zu sagen, aber manchmal scheint mir, als wäre sie im Verborgenen bereits so versehrt wie er.

Hier und da sitzt sie in der Eingangshalle am Fenster und liest, meist über Mittag, wenn er schläft. Sie liest immer in demselben Manuskript, das in einem farbigen, schon ein wenig abgegriffenen Umschlag steckt. Vor zwei Tagen, als sie in ihr Zimmer gerufen wurde, ließ sie es auf dem Tischchen liegen.

Du wirst mich vielleicht charakterlich nicht mehr für

so fest halten, wie deine eigene Stärke es sich von einem Freund wünschte, aber es ist die Jahreszeit, die langen trostlosen Abende. Ich konnte nicht wiederstehen. Ich nahm das Manuskript an mich und ließ es kopieren.

Es ist eine Geschichte, von der ich möchte, dass du sie liest. Du wirst schnell erkennen, dass es zwischen dem Text und meinem ungleichen Paar eine Verbindung geben muss. Zweifellos eine sehr geheime Verbindung, die wohl immer im Dunkeln bleiben wird.

Doch lies selbst. Hier der Anfang:

«Er wäre nicht hinaus zur Küste gefahren . . .»